南国カノジョと
ひとつ屋根のした
Nang
Hitot
shita
半田 畔
イラスト／紅林のえ
Hotori
Handa
×
Noe
Kurebayashi

島崎ナイア
ha!

ダイビングショップ『hale』
島崎メリア
Alo

行足葵
初めてのダイビング

そこにあったのは、自由な世界だった。
どこを見ても、いくつもの青だった。

!
ダイビングのあと……

―の、ののの覗き！
変態！！―

contents

南国カノジョとひとつ屋根のした

半田　畔

角川スニーカー文庫
23569

口絵・本文イラスト／紅林のえ
口絵・本文デザイン／伸童舎

南国カノジョとひとつ屋根のした

Nangoku Kanojo to Hitotsuyane no shita

水のなかで息ができることを初めて知った。

下を向いて目を凝らせば、どこまでも吸い込まれていきそうな海底がある。岩場の陰から魚が二匹出てきて、合流し、また離れていくのが見えた。頭上には水面に反射した太陽の光がちらちらと揺れていて、同じくらいの引力で僕を引き寄せようとする。

海中にただよう僕の体は、浮かず、沈まず、ただその場にとどまり続けている。手を伸ばせば触れられる距離には、彼女がいた。

口に咥(くわ)えていたレギュレーターを彼女が外す。背負っていたタンクから供給されていた空気を失っても、動じず、穏やかな笑みを浮かべている。続いてマスクも外し、表情がさらに鮮明になる。潮の流れに合わせて、彼女のショートカットの黒髪が揺れる。太陽の光と潮水を日々浴びて、ところどころが茶色に変色している髪。彼女が何より、海を愛している証拠。

「(大丈夫?)」

ハンドサインで様子を尋ねる。すぐに返事がくる。

「(大丈夫。気持ち良い)」

拾えるのは自分の呼吸の音だけ。極限まで音が取り除かれた海中でも、彼女の言葉は声となって頭のなかに届いた。こんな声色で、こんな口調できっと答えたのだろう、と勝手に補完されていく。

白みがかった青色の瞳と目が合う。広大な海のなかでも、彼女の瞳と同じ色の何かを見つけるのはきっと難しい。じっと見つめていると、近づきすぎてお互いのフィンが当たり、姿勢を崩す。再び顔を合わせて、一緒に笑った。

彼女にならうように、僕もレギュレーターを口から外す。マスクも取って顔を海にさらしてみる。ぼやけた視界のなかで、彼女が手を伸ばしてくるのがわかった。その手をつかみ、握りあった。僕たちの頭上を魚が通り過ぎていった。

陸にあるものすべて置いて、忘れることができる時間。叶うなら、ずっとここにいたいと思える光景。

南国からやってきた一人の女の子に、僕はこの世界を教わった。

第一章

「突然だが少し相談だ、葵。アメリカのイリノイ州に俺と一緒にくるか、日本に残るか、三日以内に選んでくれ」

突然にもほどがあった。

珍しく父が僕を呼び出し、話をしたかと思えば、いま住んでいるマンションを引き払うと言いだした。

父は唖然としている僕を見る余裕すらないようで、部屋にある資料や仕事道具であるカメラをキャリーケースに詰め込んでいく。カメラマンの父は基本的に外出ばかりで家にいることが少ない。たまに帰ってきたかと思えば、どこの国のものかわからないようなお土産が机に置かれている。そんな父が、とうとう日本を出るという。

「仕事の関係で、アメリカを拠点にしたほうが都合がよくなった」

「どうして三日以内なんだよ」

「航空券がまだぎりぎり手配できる」

「あんた、僕に相談するの忘れてただけだろ。本当はもっと前から時間あったんだろ」

「世の中にはもっと重要な決断を数分以内に行うやつもいるぞ。そいつらに比べたら楽なもんじゃないか」

「三日後には日本にいないかもしれない高校生が恵まれてると？」

お、これよく撮れたんだよな、と壁にかかった一枚を取り外しながら父が言う。さすが俺、天才だ、とうっとりした声が続く。どこか海外で撮られたもので、浜辺にいるウミガメのそばを、肌の色がそれぞれ違う少年少女たちが寝転んで笑っている写真だった。ふんだくって焼き払ってやりたい気分だった。

父に振りまわされるのはこれが初めてではないが、今回はちょっと異常だった。

「英語なんて話せない」

「ジェスチャーと簡単な単語でなんとかなるもんだけどな。じゃあ日本に残るか？」

「その場合どうなる」

「知り合いのツテをたどってお前を預かってくれるところを探す。何人か候補がいる。もしくは、お前が自分で住む場所を探してもいいが、家賃の支援は悪いがしてやれない。俺も懐がさびしい。バイトして稼ぐんだな」

その大量に抱えているカメラの一台でも僕によこせば、数か月分の家賃くらいにはなりそうだった。だけど僕は小さな子供じゃないので、そんな強引なことは言わない。我を失って叫ぶこともない。この親の近くで育てばどうしたって達観した人間に育つ。

「あんたのツテに頼ったら、いま通ってる高校は離れることになる？」

「この街から離れることにはなるだろうな。別の県の可能性もある」

叫びはしないが、溜息(ためいき)はでる。

「僕にだって生活がある」

「そう睨(にら)むなよ。だいたい、二年生になってからお前、高校行ってないだろ」

「行ってるよ」

「嘘(うそ)つけ、制服着て適当にうろついてるだけだ。この前、担任から電話があったぞ。大人しそうな顔してお前も意外に不良だな」

「誰見て育ったんだろうな」

精一杯の皮肉で返すが、立場は弱かった。仕事で飛び回り、息子に関心がないのかと思えば、目が行き届いているような発言をする。

僕は自分の左足首に巻かれた包帯を眺める。高校と自分をつなぎ留(と)めていたのは陸上で、いまはその唯一の糸が切れていた。当分は走れないでしょう、と僕に言い放った医者の顔と声をいまでも思い出せる。

「抜糸も済ませて傷も癒えてるんだろ。いつまで巻いてるんだその包帯。あれか、そういうお年頃か？　かっこいいとかそういう感じか？　写真撮ってやろうか」

「うるさいよ」

やめろと言ったのに撮ってきた。狭い部屋でたかれたフラッシュに、目がくらむ。次の瞬間には旅立って、もう父はそこにいないのではないかと思った。視界が元に戻ると、父は変わらずそこにいて荷造りを進めていた。

「まああれだ。どちらを選ぶにせよ、一度リセットするチャンスだと思えばいいだろ。学校休んで、いまさら気まずくて戻れないなら、場所ごと変えればいい。肩を組む友人も、手をつなぐ彼女もいないんだろ？」

言ってやりたいことが千はあったが、すべてまとめて飲み込んだ。どれだけ自分を棚に上げて煽ってこようが、僕は子供っぽく暴れたりはしない。代わりに呆れるだけ呆れてやる。もうこの世にいない母が、なぜ何年もこのひとと一緒にいられたのかが謎だった。秘訣を少しでも聞いておくべきだった。

「引っ越すとは言っても、あと一か月はここにいられる。じっくり考えればいい。あとで追いかけてイリノイに来るなら、そのときに航空券は手配してやる」

「残るよ」

僕は答える。

「日本に残る。ツテを頼らせてもらう。あんたの忠告に従って、色々リセットしてみる。ついでに言っておくと次会ったとき、もしかしたらその顔を忘れてるかもしれないから、そのつもりで」

父の荷造りをする手がぴたりと止まる。嫌味が効いたのかと思ったら、僕のほうを振り返り、本当に感動した様子でこう返してきた。

「いいぞ、三日とかからず決められたじゃないか。さすが俺の息子だな！」

気づけば父の写真を破きまくっていた。泣いて膝にすがりつき懇願する父を振り払い、たっぷり憂さ晴らしをしてやった。ウミガメと少年少女たちが宙を舞っていった。

包帯を解くと、手術を終えた傷口があらわになる。そこだけ切り裂かれたような形で、肌の色が白くなっている。撫でてももう痛みはなかったが、できることなら視界に入れたくなかった。過去はいまも、褪せることなく体に刻まれている。

高校一年の冬、レギュラーの座をかけた部内での長距離走があった。学校周辺にあるアップダウンのある坂道がコースに組み込まれた、五キロのラン。

当日はいつになく調子がよく、僕は先輩たちが走る先頭グループのなかにいた。そのままのペースで走ればレギュラー入りは間違いなかった。だけどゴールに向かいながら、自分はどこまで速く走り続けられるだろうと、純粋な好奇心がわいた。そして好奇心は凶悪な獣となり、牙をむいた。

坂道の何気ない凹凸部分に足をとられて、そこからは記憶がなくなった。気づけば部員たちに囲まれて、近くで赤いランプが点灯しているのが見えた。道路に流れている黒い液体のかたまりは自分の血だった。

「当分は走れませんね。残念ながら」

足首の手術を終えたあと、医者は淡々と告げた。そうするのが一番のやさしさであるみたいに、僕が長距離走に二度と復帰できないことを、人体の部位の解説と、専門的な用語を交えて丁寧に説明してきた。

何も持っていない自分が唯一、誇れるのが陸上競技だった。長距離走をしている自分という存在があるから、臆することなくクラスメイトたちと対等に話せたし、誰とでも打ち解けられた。退院して再び学校に戻ったとき、自分の支えだったはずの陸上競技が重くのしかかり、苦しめる存在に変わっていた。誰もが僕に同情的な視線を向けてきた。戻ってくるのを待ってるよ、と部員に声をかけられると、惨めさを思い知った。移動教室で一緒に歩くクラスメイトたちがわざわざ歩幅を合わせてくれるたび、叫びだしそうになる。

二年生になって、気づけば学校に行かなくなっていた。登校しない時間を埋めるために趣味を増やそうとした。思いつくままに試したが、どれも続かなかった。映画や漫画、アニメ、小説に少し詳しくなったくらいだった。思えば小学生の頃に長距離走と出会う前も、野球にサッカーと、色々なスポーツに触れていた時期があった。ハマれば集中力を見せるが、たいがいは飽きてやめてしまった。

絶対に父には言わないが、カメラに触れてみたこともあった。父が使うような本格的な一眼レフではないが、インスタントカメラを買って町中を撮って歩いた。限度数の二七枚を使い切らないうちに、気づけばやめていた。

リセットさせるチャンスだ、と父は身勝手に言う。巻き戻せればどんなにいいだろう。小さな凹凸につまずくあの数秒前に帰れたら、自分は何でもする。だけどそれはできない。そんな妄想が叶うのはフィクションのなかでだけ。高校二年生になれば、この世界が馬鹿みたいな理不尽にまみれていることに、みんな気づく。

その日の夜、馬鹿みたいな理不尽が形をまとったようなやつがドアをノックし、顔をちらりと覗(のぞ)かせて言ってきた。

「葵、お前の引っ越し先が決まったぞ。隣の県にある色子市っていう海沿いの街だ。知り合いにダイビングショップを経営してるオーナーがいて、店の二階に空き部屋が一つあるから住んでいいって」

父が話と並行して書類をよこしてくる。転校届と、転校先の学校が発行したパンフレットだった。すでに通う高校まで決めてくれやがったようだ。

「ダイビングショップのオーナーの知り合いなんていたんだ」

「ハワイで出会ったんだ。けっこう長い付き合いがある。オーナーはアメリカ人だけど、日系だし日本語も流ちょうだ。その辺は安心しろ。強いて言うなら――」

「強いて言うなら？」

「……まあ行ってみればいい。ぜんぶ明かすとつまらないからな。とにかくお前の新しい船出が、実りあるように祈っている。お、いまの上手くないか？　海辺の町だから、船出と良い感じにかかってるな。おい」

海底に沈めたくなるような笑顔だった。僕の不機嫌を察して、父はさっさとドアを閉めていった。

とにかく、これで行き先が決まり、僕もようやく荷造りを始めることができる。ちなみに父は二日後にはすでに家にいない。

クローゼットからキャリーケースを引き出し、広げる。必要な分の服と、読みかけの本をいくつか入れていく。

ふと、近くに落ちていた包帯を拾う。替えの包帯とテープはベッドわきのサイドテーブルのなかにまだたくさんあった。

持っていこうか悩んで、結局ぜんぶゴミ箱に捨てた。

駅を降りても、すぐに潮風が鼻をついてくることはなかった。簡素なバスロータリーと、背の低い建物が並び、残りは電線が空を埋めている。

振り返り、駅の看板を眺める。『色子海岸駅』。看板の端には波と砂浜とパラソルのイラストが添えられている。目的の駅で間違いなかった。波も砂浜もパラソルも、いまのところは視界のどこにも入ってこない。

スマートフォンを取り出すと、着信とメッセージがそれぞれ一件ずつ入っていた。陸上部の友人である河瀬(かわせ)からだった。一年生の頃は同じクラスでもあり、そのよしみで仲良くなった。彼は短距離走の選手で種目が別だったが、部員のなかでも一番親しかった。その河瀬にさえ、僕は何も言わずに学校を辞めて、この海沿いの町まで来てしまった。

返事を打とうか迷い、結局止めて、目的地を目指すことにした。教えられた住所を地図アプリに打ち込むと、徒歩一二分ほどの場所に居候先があることがわかった。ダイビングショップ『hale』が居候先の名前で、地図上では、海岸沿いに面した通りにその店がある。つまりまずは海岸を目指せば良いということだ。

海への経路もシンプルだった。駅から延びる一本の通りを、折れることなく道沿いに進む。ただそれだけ。バスを使うと早いとナビに出ていたが、歩いて向かうことにした。これから自分が住む場所の雰囲気を知っておきたい。大きな荷物は先に送らせてもらっているので、今日は身軽なリュックサック一つだけだ。

通りは商店街になっていた。車道を挟んだ向こうも商店が立ち並び、ちょっとしたにぎわいを見せている。等間隔で街灯に設置されているスピーカーからはひび割れた音で、南国風のＢＧＭが流れていた。耳を傾けていると、地元の軽トラの走行音が音楽をかき消していった。

浮き輪を吊り下げている店がいくつかあって、その内のひとつをのぞくと水着やボディボード、ビーチボールにスノーケルマスクなど、海水浴用品がこれでもかというくらい店内を埋めていた。地元の人が利用するというよりは、シーズン中に訪れる観光客のための店というイメージだった。いまはまだ六月だが、店を開けているところが多かった。

時間と埃と錆をたっぷり吸った商店街だった。色々な部分に目をつぶれば、趣深いと表現もできる。立ち並ぶ商店のなかには、明らかに最近進出してきたとわかる、真新しい外装のハチミツ専門店と、食パン専門店があった。こちらは逆に地元の人が利用しそうな雰囲気がある。

商店街が途切れ、大きめの通りに当たる。海岸までちょうど残り半分の距離だった。信号を渡り、折れることなくさらに通りを進んでいくと、景色が住宅街に変わった。家の庭にヤシの木が生えていたり、個人経営のサーフショップがあらわれたりと、少しずつ海を匂わせるものが増えていく。

すれ違った何人かがウェットスーツを着てサンダルで歩いていた。真っ黒に日焼けした男性が上半身裸のまま、サーフボードを抱えて歩いている姿もあった。部活帰りだろうか、制服姿で歩く高校生の男女もいた。事前に渡されたパンフレットに載っていた制服とデザインがよく似ていた。僕が明日から通う高校も、近くにあるのかもしれない。

「ダイビングショップ『hale』。これ、なんて読むんだ？　ハレ？」

手元のスマートフォンに目を落としながら進むと、アスファルトの道路に砂が混じり始めていることに気づいた。止まってあたりを見回すと、砂が積もっている箇所もあった。海風に運ばれて蓄積していったのだろうか。

なだらかなカーブを曲がると、一気に視界が開けた。道の先の景色がこれまでとは明らかに変わる。空の見え方が違っていた。海岸線の道路でまだ全貌は見えないが、その奥に海があることがすぐにわかった。

さらに進むと、潮風の匂いがとうとう鼻に届いた。周辺の道の端はすっかり砂で埋まっている。どこかの民家から、日焼け止めの甘い香りがした。

海岸線の道路の下に設置された、短いトンネルをくぐる。足元はとっくに砂浜にかわっている。暗く狭い道から一気に解放されるように、やがて目の前に海が広がった。

「……おぉ」

はしゃぎ方のわからない不器用な子供のような、変な溜息がでた。砂浜と、太陽の光を反射する海面だけが、ひたすら視界を埋める。波のくだける音と、頬の横を通り過ぎていく潮風の音、そしてかすかに聞こえる、背後の海岸線の道路を走る車の走行音。空気が、空間が、明らかに住んでいた都心とは違う。

海を見るのは何年ぶりだろう。小学校の高学年のとき、友達とその家族について遊びに行って以来だ。目に映るものがどれも新鮮に思えるくらいには、年数が経っている。

六月とは思えない明るさで、太陽が照りつけてくる。少しでも見上げれば写真のフラッシュをたかれたみたいに、視界が白く飛ぶ。

ダイビングショップ『hale』のある方向に砂浜を歩いていく。シーズンではないからか、日曜日でもひとはまばらだった。ランニングをしている男性が通り過ぎていった。犬を散歩する女性がのんびりと歩いていた。小学生たちが、寒い寒いと言いながら、水着で海に飛び込んで遊んでいた。これから海の家が建てられるのだろうか、骨組の土台だけ完成しているところがいくつかあった。

「ここに住むのか」

ぽつりと声がでる。悪くない気分だった。

ダイビングショップ『hale』を見つけたのは、海岸の端に近づいたときだった。地図の示した方向を見ると、砂浜から階段を上がり、海岸線沿いに進んだ先に、小さなロッジのような建物があった。水色の三角屋根が印象的な二階建ての建物で、《ダイビングショップ『hale』》と書かれた看板が、いま立っている砂浜からでも確認できた。潮風を避けるためか、海に面した部分だけ、ヤシの木が何本か植えられている。

ダイビングショップのオーナーに（父が勝手に）あらかじめ伝えていた到着時間まで、まだ三〇分ほどあった。五分前に向かうことにして、もう少し海岸を散策してこようと決めた。

　ダイビングショップを通り過ぎ、そのまま海岸の端まで向かう。砂の色が徐々に黒くなり、固さが増していくと、やがて岩場につきあたった。海側につきでた岩のひとつが、座っているネコのような形をしていた。ネコ岩と心のなかで勝手に名付ける。ごつごつと隆起した岩をよけながら、わずかに残っている砂のスペースをたどり、さらに進む。

　岩が意志を持ち、増殖するように海岸線のほうへと伸びていた。ついには壁となって立ちはだかる。

　ここらで終点だろうかと思い、引き返しかけたところで、岩の壁にわずかな隙間があることに気づいた。人ひとりがちょうど抜けられるくらいの隙間。奥にまっさらな砂浜が見えて、思わず引き寄せられた。

　岩の壁に体を沿わせて、間を抜けていく。リュックが引っかかり、途中で足止めを食らった。一度引き返し、満員電車でするみたいにリュックを前に抱え直す。再挑戦すると、今度は上手(うま)く岩と岩の隙間を抜け切る。

　広がっていたのは、とても小さな海岸だった。

　想像していた以上に静かで、波もなく穏やかな場所。人が四、五人、椅子を持ってきて砂浜に座れば、あっという間にスペースが埋まってしまうような、小さなビーチ。岩場が隠してくれる秘密の砂浜。僕は本能でこの場所が気に入ってしまった。

　約束の時間までここで過ごすことに決めた。つきでた岩を椅子代わりにして、腰掛ける。潮風が心地よく頰を撫でる。海を挟んだ向こう側に、山がそびえる陸地が見えた。

　ひとしきりそこから広がる光景を眺めたあと、手もとのリュックに視線を落とす。読書をするためになかを開けて、探っていたそのときだった。

　ざぱ、と海のほうから、何かが跳ねるような音がした。

　魚かと思いとっさに顔を上げるが、何も見えなかった。

　リュックに視線を戻そうとしたところで、再び大きく水面が揺れた。ばしゃ、と今度はさらに大きな音が鳴った。

　あらわれたのは、人だった。

　ショートカットで黒髪の女の子。

　あまりにも突然で、リュックから見つけた文庫本を思わず落としてしまった。拾うことができず、僕は海中から浮上してきた女子にくぎ付けになる。

　スノーケルとマスクを外し、その顔があらわになる。たったいままで、誰かととびきり面白い談笑をしていたみたいな笑顔を浮かべている。

　女子は黒いウェットスーツに身を包んでいた。海岸に来る途中、通りで同じような格好をしている男性を見かけた。ダイビング用のスーツだと、予想する。でなければたったいま地球に降り立った、完全武装の宇宙人。

宇宙人少女が、背負った装備を身につけていたベストとともに下ろしていく。背負っていたのはタンクだとわかった。やはりダイビングをしていたらしい。

波打ち際までやってきて、タンクの装着されたベストをその場に下ろす。彼女が鼻歌を歌っているのが聞こえる。まだこちらに気づく様子はない。

そのまま座り込み、ダイビング女子は、両足につけていたピンク色のフィンを外していく。砕ける波に裸足(はだし)をさらしながら、次にウェットスーツの背中についていたファスナーに器用に手を伸ばし、そのまま下ろしていく。

日焼けした小麦色の肌と、それから真っ白の水着があらわになる。肩にかかる水着のヒモ部分の日焼けは不完全で、そこだけが白い線となって浮いていた。

脱皮するようにスーツを上半身の部分まで脱いで、女子が起き上がる。眼(め)を閉じて、心地よさそうに海へ顔を向ける。濡(ぬ)れた彼女の髪が、見えない手に撫でられたみたいに、わずかに揺れる。

足元に落とした文庫本は、潮風に吹かれた砂ですでに半分ほど埋まっていた。僕は小麦色の肌をした女子から、いまだに目が離せない。

上機嫌な様子で器材をかかえ、女子は歩き始める。岩場の隙間のほうを目指し、独り言とともにこちらに近づいてくる。

「やっぱソロも最高！　この時間は潮の流れも穏やかだし、透明度もめっちゃ高かったな。近いうちにまたやっちゃおうかな。というか明日やっちゃおうかな。いやでも学校か……。放課後に店を手伝ってぱぱっと終わらせてまたここに忍び込んで気づかれないうちにってぎょええええええええええ！」

目が合った瞬間に、女子が叫んだ。この距離になるまで、僕の存在に気が付いていなかったようだ。

女子はそのまま固まってしまう。

「ひ、ひと？　なんでここに？　秘密の場所なのに……」

「いや、その、すみません」

どうやらここは彼女の占有地らしかった。僕よりもずっと早くここを見つけ、ずっと長くここを利用していた地元民なのだろう。自分の部屋に人がいるみたいに驚く彼女の反応も無理はない。

彼女が僕を凝視してくる。瞳と目が合う。めずらしい色の目だった。白みがかった青。海や空に浮かんでいるような、青色とは違う。

「……もしかして君、観光客、ですか？」おそるおそる、彼女が訊いてくる。

「いまは観光中だけど、今日からはこのへんに住む予定」

ぬわあ！　と、日焼け女子がもだえるようにまた叫ぶ。持っていた機材を放り、素早くこちらに近づいてくる。思わず身構え、僕は抱えているリュックを胸元に引き寄せる。がし、と女子が僕の両手をつかんでくる。リュックがどさりと足元に落ちる。濡れた手でつかまれ、水分を一方的に押しつけられる。潮の匂いが鼻をつく。さっきまで、本当にこの子は海のなかにいたのだ。

「君、名前は？　年は？」

「ゆ、行足葵。一七」

「一緒だ。私も一七歳になる。同い年の縁ということでお願いがあるのだけど！」

　ぎゅ、と手を握る力が強くなる。前かがみになり、岩に座る僕にさらに顔を近づけてくる。油断すると、特別な色をしたその瞳に吸い寄せられそうになる。視線を逃すと、白い水着と、無自覚につくられた胸の谷間に遭遇した。さらに強い引力だった。もうどこに視線を逃していいかわからなかった。

「ちょ、ちょっと近い」

「ソロでダイビングしてるのバレたら、私、お母さんに怒られるの。だから黙っていてほしいの」

「いいから、近いので一旦離れてほしい」

「お母さんだけじゃなくてその辺の人にもバレるとヤバい。すぐに耳に入っちゃうから。だからここで見たことは忘れてお願い」

「話が通じない！　耳に海水でも詰まってるのか！」

女子がようやく我に返り、僕の手を解放して距離を取る。視線を逃すことができ、一息つく。心臓がうるさかった。波の音すら聞く余裕がない。呼吸を整えて、僕が返事をしようとしたとき、彼女はタンクを抱え上げようとしていた。

「事情はわかった。君が一人で潜ってたのがバレるのはまずい、と」

「うん」

「それがどれくらいヤバいことなのかは知らないけど、よっぽどのことがない限りは黙ってる。見なかったことにする」

「ほんと！　ありがとうっ」

女子は感激したように両手をぱん、と合わせ、持っていたタンクをその場に落とす。

「話せばわかると思ってた！　さすが同い年。葵君だよね？　ようこそ色子市へ。ここは良いところだよ」

「うん、一応聞きたいんだけど、いま僕を殴ろうとした?」

「してないよ」

「そのタンクを持って僕を殴ろうとしなかった?」

「してない。全然してない」

「持ちあげて振りかぶる手前だったよね? 記憶を消し飛ばそうとしたよね?」

「ようこそ色子市へ!」

両手を広げて、まぶしい笑顔で彼女が歓迎する。騙されるわけがなかった。そしてあまり関わり合いにならないほうがいいこともわかった。

器材を抱え、女子が岩場の隙間に向かっていく。僕がリュックをひっかけて苦労したスペースをひょい、と器用に進んで、あっという間に消えてしまった。あれだけの荷物を抱えていたのに、どうやって抜けられたのか。

「あ、言い忘れた」

「ぬわ」

気を抜きかけたところで、岩の隙間から女子が顔を覗かせて戻ってくる。飛びあがった僕を笑いながら、言ってきた。

「私の名前、ナイア。よろしく。基本的には海にいるから、今度もし会えたらお礼でもさせて。美味しいコロッケの店が近くにあるからおごるね」

「わ、わかった」

「また海で会いましょ。ばいばい」

言い残し、今度こそナイアと名乗った女子は去っていった。

彼女につかまれた手を眺める。まだ少し湿っていた。海に濡れて巻かれた黒髪。小麦色に日焼けした肌。独特の青い瞳。何もかもが強烈な印象ばかりだった。二度と会えないとしても、しばらくは忘れられそうになかった。

そして一〇分後には再会することになった。


階段を上がり、海岸線の歩道に出る。進んだ先に砂利で舗装された駐車スペースがあらわれ、その奥に立つダイビングショップを目指す。近づくと建物の脇に小型の船が一艘、打ち上げられているのが見えた。船体の塗装ははげて、もう何年も海には浸かっていないことがわかる。何のために置かれているのだろうか。

脇に置かれた船ほどではないが、ダイビングショップの外装もところどころで白の塗装がはげていた。柱の木材をとめるボルトも錆びている。

両開きの扉を引き、すみません、と一声かけながら店内に入る。なかでは扇風機が一台、天井で回っていた。壁を埋めるように、ダイビングやサーフィンをして楽しむ客たちの写真が貼られている。明らかにここの海で撮ったものではない写真もいくつかあった。

「あら」

店内の奥からカーテンをかきわけて、一人の女性があらわれる。長い金髪と白い肌。眼尻の垂れたやさしそうな雰囲気。店名である『hale』という文字のロゴが入ったエプロンを身につけていて、オーナーさんだとすぐにわかった。

「葵くんね？　行足葵くん」

「あ、はい。はじめまして。父の紹介でやってきました。行足葵です。今日からよろしくお願いします」

「ふふ、お父さんと違って、ずいぶん丁寧で礼儀正しいのね。もっと荒々しいのがくると思ってた」

苦笑いで返す。どうやら、ずいぶん父のことを知っているらしい。父も長い付き合いがあると言っていた。確かハワイで出会ったと。事前に聞いていた通りアメリカ人らしいが、確かに見た目は日本人と言われても気づかない。

「島崎（しまざき）メリアです。この店のオーナーをしてます。どうぞよろしく。葵くんの荷物、もう届いてるわ。使ってもらおうと思ってる部屋にもうすでに運び込んであるの」

「わざわざすみません。重かったですよね」

「いいのよ。まずは部屋に案内しましょう」

こっち、と案内を受ける。メリアさんについていくように、カーテンをくぐり奥に向かおうとした、そのときだった。

「お母さん冷蔵庫にしまっておいた――」

先にカーテンの向こうから出てきた女子を見て、体が固まる。

向こうもすぐに気づき、あ、と口を開けたまま動かなくなる。灰色のタンクトップに水色の短パンというラフな格好。服装が変わっただけでは決して薄れない、彼女の印象。

「ナイア、ちょうどよかった。今日から一緒に暮らす行足葵くん」

メリアさんはナイアに説明してから、続いて僕に向かって伝えてくる。

「こちらはナイア。私の娘。ちょっと元気でせわしないときもあると思うけど、うっとうしいときは無視していいからね」

メリアさんの背中で、ナイアが元気にせわしなくジェスチャーを送ってくる。首を手で切るような動き。あのことはしゃべるな、ということか。僕たちはあの秘密の海岸で出会ってもいないし、一度も顔を合わせてもいないし、話をしたこともない。

「初めまして、ナイアさん」

「うん！　初めまして葵くん！　今日からよろしくっ。いやあ見れば見るほど初めての顔だなぁ。新鮮な声。そりゃあそうか初めて会うんだもん」

わざとやってるのか。

バレたいのか隠したいのか、いったいどっちだ。

早く去ったほうがいい、と首を横に振ってジェスチャーを送ってやる。了解の代わりにナイアが視線をそらす。

「それじゃあ私、部屋で宿題あるから。葵くんも荷ほどき、頑張って。同じ高校かな？この辺だと近くにある高校って一つだからきっとそうだよね。一緒のクラスになれるといいね。ばいばい」

カーテンを閉じて、ゆっくり戻ろうとしたナイアを、メリアさんが呼び止める。あと一秒あればその場を立ち去ることができたタイミングだった。

「ナイア、勉強してたの？」

「そうだよ。部屋でずっと」

「いまのいままで？」

「うん。私偉いから」

「また海に行ってるのかと」

「そんな毎日行ったりしないよ。家の前にあるんだし、海は逃げないし。私だって節度はあるから」

何か嫌な予感がした。ナイアも感じ取ったらしく、じゃあ、とまた逃げようとする。その足をメリアさんがまた止める。

「ナイア、ひとつ聞きたいのだけど」

「……はい」

「葵くんの学年がどうして一緒だってわかったの？　同じクラスになれるといいね、ってさっき言ってたけど。同い年だって知らないと出てこない台詞よね」

「い、いや、見た目だよ。見た目でわかるよ。そんなの会ってすぐにわかったよ」

今度はメリアさんが僕のほうを振り返ってくる。笑顔を浮かべていたが、目元だけが笑っていなかった。

「行足くん」

「……あ、はい」

呼び方が変わっている。

一気に距離をとられている。

「リュックサックの底と靴に砂がついてるわね。さっきまで海岸を歩いてたのかな？」

「歩いてました」

「たとえばそこで誰かと会ったりしなかった？　そうね、その子はナイアと同じくらいの身長の女の子で、ナイアと同じくらい日焼けした肌で、ナイアと同じくらいの長さの黒髪の子で、ウェットスーツを着てタンクを背負ってたりしなかった？　そういう女の子と会ったり話したりしなかった？」

「……いや、その」

ナイアが背後で、ちぎれるほどの速度で首を横に振っていた。汗をしたたらせ、すっかり怯(おび)えきっている。彼女の悲鳴がいまにも聞こえてきそうだった。

「覚えていなかったらそれでいいのよ？　記憶違いって誰にでもあるから。私も最近、記憶違いが多いの。もしかしたら二階の部屋に行足くんの荷物はないかもしれない。そもそも届いてなかったかもしれない。あなたのお父さんから連絡を受けたことも、もしかしたら勘違いだったかも。どう思う、行足くん？」

これはだめだ。もう抵抗できない。

無駄にあがけば、僕はこの居候先を追い出される。これ以上自分の印象も悪化させたくない。このひとに嫌われれば僕はおしまいだ。

「会いました。話しました」

「裏切り者ぉ！」ナイアがとたんに叫んだ。

「海から上がってくる彼女を見ました。ダイビングの格好でした。黙っていろとお願いされました。少し話もしました。黙っているように何度も念を押されました」

「うおぉぉぉ何から何までえぇ！」

僕の口をふさごうとナイアが突進しようとしてくる。その肩をメリアさんがつかむ。我に返ったナイアが体を硬直させる。

メリアさんは元のやさしい笑顔に戻り、僕に言ってきた。

「ありがとう葵くん。ようこそダイビングショップ『hale』へ。歓迎するわ。あなたの部屋は二階の一番奥よ。案内してあげたかったのだけど、ごめんなさい、ちょっと私、ナイアと話があるの」

「ひっ」

がし、とナイアの肩にかかる手の握力が増したのが僕にもわかった。あの手が自分の肩にかからなくて本当に良かったと思った。

「ソロダイビングはだめって、お母さんナイアに何度も言ってるよね？　ダイビングの基本を忘れたの？　バディシステムなんて最初に習う単語だったはずだけど」

「た、確かに推奨はされてないけどさ。でも法律には違反してない！」

「あなたがそれで事故に遭って店を続けられなくなったらどうするの。事故に遭わなくてもそれを目撃されたらどうするの」

「バレなきゃ罪じゃないのに！」

「無邪気にすごいことを言わないの。本格的にお仕置きが必要ね」

　メリアさんに腕をつかまれ、そのままナイアは奥へと引きずりこまれていく。姿が見えなくなる直前、彼女が僕に向かって断末魔の声をあげた。

「裏切り者おおおおお！」


　二階の自室の窓にかかったカーテンを開けると、海が広がっていた。圧倒され、思わずため息がでた。太陽が水平線にゆっくり落ちていくところを、延々と眺めていられた。そうしているうちに時間が過ぎ、荷ほどきもろくに進まないまま夕食の時間になった。

　メリアさんに呼ばれて一階に降り、階段横にあったのれんをくぐると、食卓が広がっていた。気をきかせてくれたのか、魚料理が豊富に並んでいた。刺身から焼き魚、煮付けと、目移りしていく。お腹を鳴らすと、メリアさんが笑った。

ナイアはすでに席についていた。向かいに座っても目を合わせてくれなかった。見ると、両方の頬が真っ赤に膨れ上がっていた。よっぽど派手なお仕置きを受けたらしい。そしてまだ僕に怒っているようだ。

メリアさんが最後に席についたところで食事が始まった。ナイアと向かい合う時間は少し気まずかったが、話上手なメリアさんが話題を振ってくれるおかげで、食卓に沈黙が落ちることとなかった。

「私たちは去年日本にきて、この店を開いたの。お父さんから聞いてるかもしれないけど、もともとは私もナイアもハワイの生まれよ。でもこの通り日本語はできるから安心して。ナイアはたまにおかしな日本語を使ったり、癖でハワイの言葉も使うときがあるけど、気にしないで」

ナイアは黙々と食事を進めている。箸やお椀の動かし方で、明らかに不機嫌だとわかる。どうすれば許してもらえるのか。

「お二人の名前もハワイの言葉が由来なんですか？」

「ええ。私のメリアはハワイに咲く花の名前から。プルメリアって知ってる？　あれから取ったそうよ。ナイアはハワイ語でイルカっていう意味。生まれたとき、イルカみたいに元気に暴れてたから名付けたの」

「イルカというより、いまは膨らんだフグみたいですが」

口に出す気はなかったのに、思わずつぶやいてしまった。それでメリアさんが爆笑した。笑い声がしばらく食卓に響き渡った。その間、ずっとナイアが僕を睨んできた。これはもうしばらく許してもらえそうにない。

笑いの波がおさまり、メリアさんが訊いてくる。

「葵くんの名前は？　由来はあるの？」

「さあ、詳しくは聞いてません。でもあの適当な父のことだから、どうせ男子が生まれても女子が生まれても、どっちでも通用するように、『葵』って名前をあらかじめ用意してたような気がします」

「どうかしら。子供の名前を適当につける親はいないと思うけど。今度機会があるときにでも聞いてみたらいいのに」

ハワイでは言葉の意味を重んじるのだ、とメリアさんは言った。名前ひとつとっても、そこにはちゃんと意味があるのだと。いまごろ父はどうしているだろう。もう現地にはついているはず。

メリアさんが、黙々と食事を続けるナイアに会話を振る。

「ナイア。さっきは笑いすぎたわ、ごめんなさい。でもいい加減に機嫌を直しなさい。もとはといえばあなたが悪い」

「別に直ってるし。普段から私はおしとやかなの」

「そうだ、明日から葵くん学校よね？　迷わないように一緒に登校してあげて」

「私、朝は海に寄ってから行きたいんだけど」

会話が途切れ、沈黙が落ちかける。間に入るならいまだった。

「大丈夫です。駅からここまで来れたし。学校も行けるはず」

「そういえば制服は？　まだこっちには届いてないけど」メリアさんが訊いてくる。

「しばらくは前の学校の制服になると思います」

制服も何もかも、まだ段ボール箱のなかだ。早く荷ほどきしないといけない。

食事を終えて、家のなかを簡単にメリアさんに案内してもらったあと、部屋に戻って段ボール箱を順番に開けていった。作業を進めながら、ナイアのことをまた考える。一緒に暮らすなら、やはり早めに仲直りはしておきたかった。

二人で話すタイミングはないかと思っていたとき、廊下を誰かが歩く音が聞こえた。音の主が隣の部屋のドアを開けて入っていったのがわかった。隣にいるのはナイアだ。風呂を終えて戻ったのかもしれない。

謝るシミュレーションを何度も行い、よし、と気合を入れて立ち上がる。部屋を出ようとしたとき、隣のナイアが外に出た音が聞こえた。

続けてドアがノックされた。廊下に立つ彼女の姿を想像する。ナイアもひとつ屋根の下で過ごす者同士、雰囲気を悪くしたくないと思ったのかもしれない。これはチャンスだ。

「ナイア、昼間のことだけど」

ドアを開けながら、話しかける。

しかしそこに彼女はいなかった。

代わりに存在感を放っていたのは妙なにおいだった。

部屋から出てあたりを見回すと、ドアノブに干物が一匹吊り下げられていた。干からびた魚と目が合い、そのまま立ち尽くし、とてもシュールな時間が流れた。誰が吊り下げたのか、丁寧に考えるまでもなかった。

「こ、この……なんて陰湿な嫌がらせを……っ」

ふと、廊下の床に光の筋があらわれ、見ると隣の部屋のドアがわずかに開き、ナイアが顔を覗かせていた。目が合うと、べー、と舌を出して、すぐにドアが閉まった。和平合意は締結されなかった。

部屋に戻り、干物をテーブルに置いてベッドに寝転ぶ。激動の一日を振り返りながら、天井に向かって僕はつぶやいた。

「ここに住むのか……」

翌朝。朝食を済ませながら、メリアさんにここでの生活のレクチャーを受けていると、下着姿のナイアが階段から駆け降りてきた。飲んでいた麦茶をすべて噴き出してしまった。もう一度見返すと、着ているのは水着だった。昨日見たのと同じものだ。

「お母さーん、海行ってくる。裏にあるサーフボード一つ借りるね」

「ボード用のワックス、使ったらちゃんと元の場所に戻しなさいね」

水着だとしても、家のなかで見ると少し戸惑う。当の本人はまったく気にしていない様子だった。外に出る直前になって、ようやく僕の存在に気づき、目の前の皿からおかずを一つ盗んで去っていった。

出ていこうとするナイアに、メリアさんが呼びかける。

「ナイア、『pehea ʻoe?』」

「『maikaʻi』」

「行ってらっしゃい」

「行ってきます」

聞き取れない言語でやり取りをしたあと、ナイアは外に出ていった。メリアさんが戻ってきたあと、何と話していたのか気になって、訊いてみた。

「ハワイ語よ。『調子はどう?』って尋ねると、『良い感じ』って返す。私たち家族の間で合い言葉にしてるの。よかったら葵くんも覚えてね」

メリアさんからそのまま発音を教わる。『pehea ʻoe?』が『ペヘア　オエ』で、『maikaʻi』が『マイカイ』。何度か反復練習をして、メリアさんに合格をもらう。

「ハワイの人たちは普段からハワイ語を?」

「ううん、そうでもないわ。英語がほとんど。ハワイ訛りの英語ってところね。アロハ、なんて言葉は有名だけど、現地のひとはほとんど日常では使わない。あれは観光客向けにやる挨拶」

「知りませんでした」

「お店の名前もハワイ語よ。『hale』はハレって読む。『家』っていう意味があるのと、日本語でも『晴れ』って読めるから縁起が良いって、パパがそう決めたの」

ナイアの父親。

ここにきてから、まだ出会っていない。家にいないことについて二人が触れてくることもない。だから僕も自分からは訊かないようにしていた。ここにいないということは、それだけの理由があるのだろう。家族がそばにいない事情というのは、人の数だけあることを僕は知っている。

他にも機会があればハワイの言葉を教える、とメリアさんは言ってくれた。それからナイアの水着登場から脱線していた、本来の話題に戻る。

「ここでの生活の決めごとの話だったわね。あくまでも強制ではなくて提案だけど、家賃と食費、その他の生活にかかる費用はこちらが持ちます。その代わり、葵くんにはこのお店の手伝いをしてほしいの。早い話がアルバイトかな」

「もちろんです。最初からそのつもりでした。何でもやります、遠慮せずおっしゃってください」

「……葵くん、本当にお父さんとは正反対で良い子ね」

良い子だと言われたのになぜか少し引かれた。損した気分だった。あの父はメリアさんにどんな印象を与えていたのか。そもそもどんなきっかけで知り合ったのか。時間があるときにいつか訊いてみたい。

「手伝ってもらいたい仕事や手順については、ゆっくり教えていくわね。とりあえず、日中は学校にいってらっしゃい」

「はい、行ってきます」

部屋に戻り、支度を済ませる。今日は少し早めに登校し、職員室で担任の教師と事前に会う予定だった。

階段を降りて、店の出入り口を目指す。カーテンをかきわけて、メリアさんが僕の名前を呼び、言ってくる。

「『pehea ʻoe?』」

発音を思い出し、僕は答える。

「『maikaʻi』」


担任のあとに続いて教室に入る。教卓のそばに立っていると、クラスの生徒たちの視線が一気にそそがれているのを感じた。ちらりと見ると、生徒のほとんどがワイシャツかカーディガンだった。ちょうど今日から衣替えだと、担任教師がさっき言っていた。一人だけブレザーを着ている自分が余計に恥ずかしかった。あとですぐに脱ごう。

自己紹介を、と促されて、昨日から考えてきた文言を思い出して挨拶をする。

「行足葵です。行に足で行足、名前は花の葵です」

それが世界一大事な情報だとでもいうみたいに丁寧に伝えていく。単なる時間稼ぎだ。

話すことがなさすぎて思いついた、苦肉の策だった。

前に住んでいたところと通っていた高校の名前を告げて、よろしくお願いします、と最後はダッシュで挨拶を済ませた。

まばらな拍手が鳴って、席に着く前にもう一度、教室全体を見渡した。廊下側、一番後ろから二番目の席にいるナイアを、僕はすぐに見つけた。あんぐりと口を開けて、固まっていた。事前に担任教師に知らされていなかったら、僕も同じリアクションをしたかもしれない。

担任教師はメリアさんから事情を聞いていたらしく、気を使ったつもりか、彼女と同じクラスに僕を入れたと言ってきた。部屋のドアノブに干物を吊るされるくらいの仲であることなど、もちろん教師は知らない。

教師に指示された席につく。窓側から二列目、一番後ろの席だった。座ると同時にすぐにブレザーを脱いだ。

ホームルームが終わったあと、前の席の男子が話しかけてくれた。

「教科書持ってる？」

「あ、さっき渡された」

「そうか。もらいそびれた教科書あったら、見せるよ。あ、でも落書き多いから許してくれ。おれ、安芸（あき）。高坂（こうさか）安芸。よろしく」

「ありがとう、よろしく」

僕よりも短い黒髪と大きな耳、それから手首につけたリストバンドが印象的な男子だった。運動系の部活に入っているのだろうか。高坂くんに尋ねてみると、バドミントン部だと返ってきた。同じ質問を返されて、陸上部だったと答えた。

「この学校でも陸上部に入る予定？」

「いや、いま知り合いの家に住まわせてもらってて。お世話になってるお店の手伝いをすることになってる」

ナイアのほうをちらりと見る。机の周りを囲う女子たちと談笑していた。去年日本に来たと言っていたが、完全に打ち解けている。そしてまったく僕のほうを見てこない。意識しないと決めたらしい。僕も余計なことは言わないように、気をつけようと決めた。ドアノブに吊り下がる干物の数がこれ以上増えてほしくない。

高坂くんはそれからも質問を振ってくれた。緊張がほぐれて、途中からは僕も話題をふくらませた。いくつかの趣味が彼と合うことがわかった。足の怪我（けが）のことは話さなかった。せっかく親しくなれた高坂くんの目に同情が宿るところなど、間違っても見たくはなかった。僕はやり直すためにここに来ている。

「ところで、一番訊きたい質問なんだけどさ」

びく、と体が一瞬跳ねる。緊張で思わず身構えた。一番訊きたい質問。まさか怪我のことを見抜かれたのか。歩き方がぎこちなかった？　そんなはずはない。警戒していると、彼が言ってきた。

「前通ってた東京の高校とこのクラス、女子のレベルはどっちが高い？」

ほっとしたように溜息をつく。

笑う振りをしながら、少し考えたあと答えてやった。

「さあ、わからない。一人ひとり魅力は違うし」

「違う違う。そういう話がしたいんじゃないんだ」

「……レベルのことはわからないけど、日焼けしてる子の割合は多いと思うよ」

高坂くんが教室内を見回す。僕もそれにならって見回し、自然な流れでもう一度、ナイアのほうに視線をやる。思いがけず目が合って、焦る。彼女のほうが少し早く、目をそらした。

「あー、南国カノジョか。島崎ナイア。うん、いいよな。人気だよ」僕の視線に気づいた高坂くんが、そう漏らした。

「南国カノジョ？」

「ハワイ出身の子なんだよ。一年の頃から知ってる。おぼつかない日本語だったけど、最近はすごい流暢になって。その成長ぶりがほほ笑ましくて、ファンがすごく多い。南国カノジョは、そいつらが呼んでる愛称というか、ニックネーム。いいよな島崎さん。明るくて元気で無邪気な感じ」

「いや、意外と陰湿なところもある気が」

「何か言った？　小声で聞き取れなかった」

なんでもない、と躱す。

南国から来たから、南国カノジョ。安易なネーミングだなぁと思いつつ、南国という単語は彼女に合っている気がする。

高坂くんはナイアから目をそらす。それからどこか、諦めたような溜息をつく。異性に人並み以上の関心を持っていそうな彼がそんな態度を見せる理由は、すぐに明らかになった。

「島崎さんはいい子だけど、付き合うとかは多分無理だよ。何せボディガードがついてるんだ」

「ボディガード？」

また新しいニックネームだ。前の高校にはなかった文化で、なんだか新鮮だった。高坂くん独自の癖なのか、この学校全体の流行りなのかはわからない。

「ナイ……島崎さんには彼氏がいるの？」

「そうじゃなくて、絶対に異性を寄せ付けようとしないボディガードがいるんだ。そろそろ来ると思う。ほら――」

高坂くんが指さした先、開けっぱなしになっていた後方のドアから、一人の女子生徒が入ってくる。

きつく結ばれた口と、水が流れ落ちるみたいに、すらりと伸びた長い黒髪。重力に髪が揺れるのを任せながら、それが最短ルートであると知っているみたいに、ナイアの席を迷いなく目指していく。

「ナイア」

「あ、美麻。おはよう」

美麻と呼ばれた女子が近づくと、気をつかうように（半分怯えたように）それまで談笑していたクラスメイトたちが散っていく。なるほど、確かにボディガードと呼べる存在感だった。

「ナイア、大丈夫。誰かに変なことされてない？」

「されてないよ」

「そう」

「今日から衣替えだね。美麻はカーディガン似合ってるね」

「ナイアが着ろと言うならずっと着てる。ナイアはワイシャツだね。下着透けないように気をつけて」

「大丈夫、下は水着だから」

ナイアの言葉に数人の男子が反応し、彼女のほうを見る。その視線を追い払うように、美麻と呼ばれた女子がきっと睨(にら)んで振り返り、あたりを牽制(けんせい)する。

「飯川(いいかわ)美麻さん。隣のクラスの女子で島崎さんの親友。な、ボディガードだろう？」

「うん。言っている意味がわかった」

僕と高坂くんが小声で話していると、またナイアたちの会話が聞こえてくる。ナイアが飯川さんを海に誘おうとしていた。

「そろそろシーズンだよ。一緒にやろうよ、ダイビング」

「やだ。濡れるし、日焼けするし、あと海の匂いがつく。ナイア、今日も朝から入ってきたでしょ」

飯川さんがナイアの首筋に鼻を近づける。なぜか見てはいけないものを目にした気持ちになる。

「うん。毎日行ってる。楽しいよ」

「広くて人が多いところ、基本的に無理。図書室が一番いい」

「もう、本読んでるだけじゃ世界は広がらないよ」

「ナイアはもう少し読んで知識をつけないと、世界が広がらない」

じゃれ合っているナイアたちを男子二人で眺めるという謎の過ごし方をしているうち、チャイムが鳴る。

最初の授業が始まろうとしていた。飯川さんは去っていき、まわりの生徒も自分の席につき、しだいに統率が取れていくように、黒板のほうを向き始める。

教師が入ってくる直前、最後に一度だけナイアを見た。

そしてまた目が合った。


「pau!」

放課後のチャイムが鳴ると同時に、ナイアが立ち上がって叫んだ。パウ、と発したそれはハワイ語か何かだろうか。周りも驚くことなく、自然と受け入れている様子だった。日常的な光景なのだろう。

カバンをつかみ、ナイアが一番に教室を飛び出していった。ほかのクラスメイトたちも席を離れていく。高坂くんも部活があると言って先に行ってしまった。一人きりの放課後になったが、登校初日にしては悪くない感触だった。このあとは帰ってメリアさんから仕事のレクチャーを受けて、手伝いをする予定だ。

カバンを持ち、僕も教室を出る。そして海を目指して帰る。

居候先のダイビングショップ『hale』に戻ると、出迎えたのは温厚な笑顔のメリアさんではなく、不機嫌に口を尖らせたナイアだった。

「お母さんに仕事の用事が入ったから、私が教える」

「そ、そう。じゃあよろしく」

「来て。まずは裏手の器材置き場から案内する」

カバンを階段に置き、すばやくついていく。一度店を出て、壁沿いに裏にまわる。横の海岸線の道路を走る車の走行音にかき消されないよう、大きめの声で言った。

「ナイアの時間、奪うことになってごめん」

「島崎」

「へ？」

「私の苗字。島崎ですけど」

「……し、島崎さん」

「さあ、ここが器材置き場だよ、行足くん」

　呼び方で露骨に距離を置かれたまま、レクチャーを受ける。店の裏手はダイビングやほかのマリンスポーツで使われた道具の一時的な保管場所になっていた。サーフボードや器材を立て掛けるためのスペースが用意されている。プレハブ小屋があり、濡れた道具を乾かす乾燥室の役割を果たしていた。

　ぐるりと一周するように、今度は反対から回って店に戻っていく。外壁によりかかるようにして置かれた、小型の船があらわれる。

「この船は何かに使うの？」

「水を溜めて器材を洗うの。お湯を入れれば簡易的なお風呂もできる」

「眺めがよさそうだ。海も広がってる」

「うん、夕方とか夜とか、特にいいよ」

　ナイアの口調がその一瞬だけ穏やかになる。潮風を浴びながら、笑みをこぼす。海のことを語るときだけは、しがらみがなくなるらしい。

我に返ったナイアが咳払いをして、わざとらしく不機嫌そうな声で「早く次いくよ」と、先に進む。

「ところで、メリアさんはどこに？」

「サップ体験の申し込みが急に入ったから、インストラクターとして海に出てる」

「サップ？」

振り返り、目を丸くして見つめてくる。知らないの？　と、大きな声が聞こえてくるような顔だった。

駐車場の崖下付近まで歩き、あれだよ、とナイアが海を指さす。目をこらすと海上に不思議なグループがいた。一人に一つ、サーフボードに似た形のボードに立ち、オールをつかんで漕ぎ進んでいる。グループを先導するように立つ赤い水着姿の女性がいて、髪の色からメリアさんだとわかった。

「サーフィンとカヌーを合わせた感じ？」

「まあ、おおざっぱに言えばそんな感じ。サップ用のボードがあって、みんなそれに立ってのんびり海の上を散歩する」

店に戻りながら、ナイアがうらやましそうに溜息をつく。

「ああ、私もいまごろ海で泳いでるはずだったのに……」

「島崎さんは本当に海が好きなんだね」

振り返り、ナイアがじとっとした目で睨んでくる。

「その『島崎さん』っていうのもなんか嫌。へりくだってる感じがする」

「苗字も名前も禁止されたら、どう呼べと」

「……『あなた様』？」

「へりくだりまくってる」

悩むナイアが再び歩き出す。

店に入ったところでひとつ思いつき、提案してみた。

「南国カノジョさん？」

「それ絶対やめい！」

一瞬で顔を真っ赤にして叫んでくる。どうやら、本人にも伝わっていたニックネームだったらしい。肩を震わせるナイアを見て、昨日の干物の嫌がらせのうっぷんがようやく晴れた。結局、普通に敬称を外して島崎と呼ぶことで、彼女と合意した。

ナイア改め島崎さん改めあなた様改め南国カノジョ改め島崎は、店内を順番に案内していく。レジの扱い方、掃除用具の置き場所、電話での予約の受け方。意外なほど丁寧に教えられて、少し驚いた。心を読み取ったように、彼女が言ってきた。

「ちゃんと教えないとお母さんに怒られる。二日連続で怒られたくない。さすがにへこむ。ちょっと泣いちゃう」

「……そんなに怖いの？」

「スベスベマンジュウガニくらい怖い」

「おそらく海の生き物なんだろうけど全然わからない」

　話しながら、ふと、レジ横に設置された掲示板に目がいく。講習やキャンペーンのチラシが所せましと貼られている。

　そのなかにカレンダーが一枚混ざっていて、それが少し特殊だった。横軸が日付で、縦軸が時間になっている表のような形をしている。時間割に似ていて、コマを埋めるように人の名前が書かれていた。『心美（ここみ）』という名前と、『岸和田（きしわだ）』という名前の二人で埋められているのがわかった。

「うちで働いてくれてるダイビングのインストラクターさんの当番表。たぶんそのうち会うことになると思うから、そのとき紹介する」

　ナイアが続ける。

「今日はすること特にないから、店内の掃除して終わらせよう」

　指示に従い、レジの裏にある掃除用具入れからほうきを取り出し、作業を始める。

誰かのもとで仕事をするという経験が、実はこれまで一度もなかった。給与は家賃や食費として還元されるが、人生で初めてアルバイトをする。ほうきを持つ手に、思わず力がこもる。これは人類にとっては小さなほうきでも、僕にとっては大きなほうきだ。意味がわからない。

黙々と掃除を続けていると、あっという間に二〇分ほどが経った。特にナイアから注意や指摘はなく、ひとまず合格点をもらえているようだった。肩の力も徐々に抜けてきて、改めて店内を見回す余裕もできてきた。

最初に店に入ったときも圧倒されたが、やはり壁のそこら中に貼られている写真の数がすごい。サーフィンをしたり、さっき見たサップをしたり、カヌーに乗って優雅に楽しむ客たちの姿もあるが、一番多いのはダイビング中のものだった。

濃い青に彩られた世界。陸上では身につけない器具を装着し、挑むものたち。海底の岩陰から顔を覗(のぞ)かせる魚。海中を優雅に泳ぐ、信じられないほど大きなサイズのクジラ。それらの写真を眺めながら、思わずつぶやいた。

「ダイビングって、面白いのかな」

ぴたり、とそばでほうきを掃いていたナイアの手が止まる。振り返り、無知を笑うわけでも、責めるわけでもない、敵意のない口調でこう訊(き)いてきた。

「やったことないの？」

「一度も」

海にくること自体、数年ぶりだ。そういうひとがきっと大半だと思う。だいたいのひとがいつも踏んでいるのは砂浜ではなくコンクリートの舗装された道路だし、毎日触れるのは海水ではなく、電車やバスの吊り革だ。

「ダイビングは楽しい？」純粋に訊いた。

「そりゃあもう！」

ほうきをその場に放り、ずかずかとナイアが歩み寄ってくる。

「サーフィンにサップ、ウィンドサーフィン、カヌー、海でできるアクティビティは色々あるけど、私はダイビングが一番好き。お父さんが好きで教えてもらっていたっていうのもあるけど、ダイビングがやっぱり一番全身で海に触れられる気がするから。具体的に何がいいって言うとね、その、ああもう、話してたらやりたくなってくる！」

ぐいぐい距離を詰めてくる。近い、と指摘する暇もなく、気づけば鼻がこすれそうなほどの距離に彼女の顔があった。

彼女の白みがかった青色の瞳に、出会ったとき同様、吸い込まれかける。その目に宿るおさえきれない好奇心が、いまにも伝播（でんぱ）してきそうだった。これほどまでに純粋に、目を輝かせられるひとがいることを、僕は初めて知った。

僕を恨んでいた事実さえ忘れて、彼女は言ってきた。

「知らないならさ、いまから一緒にやってみないっ？」


僕が生まれてすぐ、母が亡くなった。

もともと体がそれほど強くなく、僕を産んだ負荷で体調が悪化し、そのまま亡くなったそうだ。その話を小学校に上がる前、遊びにいった祖父母の家で、父と祖父母が話していたのをこっそりと聞いた。

それから僕は活発に外を出歩き、遊ぶようになった。どうやって許してもらえばいいかわからなくて、せめて自分が吸いつくしてしまった母の命の分まで、疲れて立てなくなるくらい元気に遊ぼうと思った。

色々なスポーツに手を出した。野球、サッカー、テニス、水泳。バスケに卓球、自分で思いついたり、友達に誘われたりしたものはすべてやった。だけどどれも続かなかった。集中している最中は楽しくても、どうしてもすぐに飽きてしまった。これぞ、と思えるものに出会うことができなかった。

小学校の高学年になって、校内のマラソン大会があって、そこで思いがけず学年で一位を取った。二キロにも満たない短い距離だったけど、それが長距離走に出会うきっかけだった。中学校から部活に入り、長距離専門で走り続けた。

走っている間、自分の足が疲弊し、筋肉が震え、体内で酸素を消費し、首や肩のあちこちが痛くなり、それでも前へ前へと本能が進もうとするあの感覚が、たまらなく好きだった。ほかの競技者を抜き、走り続けているあの瞬間だけ、僕は自由を感じることができた。母のために始めた運動だったのに、いつしか純粋に走ることに魅了されていた。長距離走こそ、これが自分だと言える唯一のものだった。

「ねえ、聞いてる？　行足くんってば」

ナイアの声で我に返る。

店の前のスペースには、彼女が器材置き場から持ってきた必要な道具がきれいに並べられていた。

ウェットスーツと、足につけるフィン、それにゴム製のシューズ、重りのついたベルトに、スノーケルとマスクがそれぞれ一式ずつある。確認していると、何かが足りないことに気づいた。

「なんか道具、少なくない？　タンクとか、あと背負ってたベストみたいやつがない気がする」

「だからいまその話をしてたんだよぅ。いまからやるのはスキンダイビング。タンクをつけないで潜るやつ。浅瀬でやるけど、それでも三メートルくらいの深さはあるから、普通に海入るよりはスリルあると思うよ」

「タンクをつけるやつはできないんだ？」

「初心者を連れてスクーバダイビングができるのは、片方がインストラクターのライセンスを持ってるときだけ。私はインストラクターのライセンスはまだ持ってないから。いずれ取るのが目標だけどね。さ、時間もないからとっとと着替えちゃお」

そう言ってナイアがワイシャツのボタンを外し、いきなり目の前で脱ぎ始める。ぬわ、と思わず変な声がでた。

顔をおおう僕に、不思議そうな顔で返してくる。すでにワイシャツを脱ぎ、白い水着があらわになっていた。

「水着だよ？」

「いや、そう言われても、いきなりはびっくりする」

通学用の革靴と靴下、スカートを脱ぎながら、じとっとした、こちらを責めるような目つきでナイアが言ってくる。

「変態。そういう目で見るからそういう風に見えるんだよ」

脱ぎ捨てた制服をたたみながら、水着になったナイアが「最低だ」と、さらに追撃してくる。

「海辺のそういう文化に慣れてないんだよ。というか僕、水着持ってない」

「店の商品棚に水着あるから、適当なやつ持っていっていいよ」

「メリアさんに怒られない？」

「変態さんにおごってあげる。今日だけ特別」

言いながら、ナイアは早くもウェットスーツを着始めている。置いていかれないよう、急いで店に入り、水着を手に取ってから店内の更衣室に入った。着替えながら、これは自分のお金でちゃんと出そうと思った。海に挑むための最初の準備。

着替え終えて外に出ると、ウェットスーツに身を包んだナイアが、ゴム製のブーツを履いているところだった。腰には重りのついたベルトが巻かれている。それで海まで向かうらしい。着替え終えた僕をナイアがじろじろと見てきた。

「行足くん、何か運動でもしてるの？」

「陸上を。最近はやってないけど。え、何か変？　海パンのデザイン、ダサい？」

「……別に」

妙な空気が一瞬流れたあと、準備に戻っていく。一歩遅れる形で、同じように僕もウェットスーツを着ていく。これが意外に苦労した。ゴムと体がこすれて、上手く入っていかない。やっと着ても背中にファスナーがあり、すべてしまらず、結局ナイアに手伝ってもらった。重り付きのベルトも巻くのにコツが必要で、同じようにサポートしてもらう。

スノーケルとマスク、フィンを持って、店の裏手に回っていく。そなえつけられた専用の階段があり、それを使って一気に海岸まで下りていく。握る手すりがところどころで錆びていて、高さもあり、少し勇気がいった。いてもたってもいられないのか、ナイアは途中から二段飛ばしで下りていた。

下りた先は、岩場が集まる海岸の端。昨日も訪れた場所だった。この奥をさらにいくと岩場の壁があり、その隙間をぬっていくと秘密の海岸がある。今日はそちらにはいかず、ナイアは岩場のほうを目指していった。大人しくついていく。

「あの岩見える？」

ナイアが海に向かっていく岩場の先端を指さす。ひとつだけ、特徴的な形をしてそびえる岩が見える。背中を向けたネコに似ていて、ネコ岩と僕が名付けた岩だった。

「魚が口を開けたみたいな形をしたあの岩を目印にするからね。もしはぐれたり、迷ったりしたら、あの『魚岩』を目指して」

「了解。魚というよりネコだけどね」

「いや、口を開けた魚でしょ」

「ネコだよ」

「魚だし」

　微妙な空気が流れる。お互い、一歩も譲らす平行線をたどった。視線をそらすことで何とか戦争には至らなかった。ネコだけどね。

　岩場の先端まで移動し、足を海に投げ出す格好でナイアが座り、フィンを足にはめていく。海底はまだ目視できたが、すでにある程度の深さがあった。一・四メートルくらい、とナイアが言う。肩がぎりぎり出るくらいの深さだ。

　同じように横に座り、フィンとスノーケル、マスクをつけていく。

「あの沖合いに浮かんでる赤いブイがあるでしょ。あれより先にはいかないで。あそこから深さが増すから。今回はあそこより浅瀬でスキンダイビングをする」

　指さした先に浮かぶ赤いブイを確認し、うなずく。

　最後に彼女からいくつかのハンドサインを教わった。浮上する、もぐる、進む、といった指示を簡単な指の動きで伝えるもので、すぐに覚えることができた。

「それからこれも忘れないで。緊急事態を知らせるサイン。首を切るように、指を当てる。

救助やサポートをするうえで、これはとても重要。実際にダイビング中、お客さんが何度かこのサインを使ったのを見たことがある」

「なるほど。それは覚えておかないと」

「まあ助からなかったけど」

「おい！」

飛びあがる僕に、冗談だよ、と舌を出して笑ってくる。リラックスさせようとしたのだろうか。ただ単におちょくられただけのような気もする。

海に入ってからの動きは何となくイメージはできるが、フィンをつけるということは、基本的に移動はばた足ということだろうか。一応、聞いておいたほうがいいだろうか。急に色々なことが不安になってくる。

「それじゃあ、ついてきて」

横を向くと、すでに彼女は海に飛び込んでいた。

置いていかれる焦りが背中を押して、あわてて僕も飛び込んだ。どぼん、と全身が沈み、海水が体をおおう。ウェットスーツの袖の間から、冷たい水がわずかに入ってくる。ウェットスーツの軽さと重りのベルトが相殺しあっているのか、ゆっくりと体が浮き上がっていくのを感じた。

海上に顔をつきだすと、ナイアの顔の横から空に伸びているホースから、海水が噴き出すところだった。スノーケルのホースに息を吹き込み、僕も同じように海水を抜く。海底を視界に入れながら息ができるようになる。不思議な体験だった。

「(ついてきて)」

ナイアがハンドサインを送ってくる。うなずいて返す。フィンを使って泳ぎ始め、同じような動きでついていく。スムーズに前に進み、少しほっとする。

そのまま泳ぎ続けると、体の下にある海底が徐々に深くなっていくのがわかった。もう完全に足がつかない。これまでに経験したことのない圧を感じる。

これくらいの深さだろうと思ったところから、ナイアはさらに一分ほど泳ぎ進んでいった。感じていた圧が、明確な恐怖となってあらわれる。深い。どんどん深くなっていく。彼女が夢中になりすぎて、あの越えてはならない赤いブイの先に行っているのではないかと思った。一度顔を上げて確認すると、ブイはまだずっと沖だった。圧倒されたまま、再び泳ぎ進んでいく。ウェットスーツの隙間から入り込んでくる海水も、もうとっくに気にならなくなっていた。

海底がかろうじて見える深さで、ナイアが止まる。顔を上げたのが気配でわかり、同じようにした。フィンのついた足を常に動かし、姿勢を保つ。マスクとスノーケルを外し、ナイアが僕を見てくる。上機嫌そうな笑顔だった。

「上手いよ。大丈夫だね。行足くん、潜水はできる？」

「たぶん。ここはいま何メートル？」

「底までは五メートル」

五メートル。もっと深いように感じた。自分が普段、いかに距離や長さ、深さといった概念を意識していないかを知った。

「二メートルより下を潜ると、耳が詰まる感じがしてくるから、耳抜きをしてね。鼻をつまんで、ふさがった鼻に空気を出そうとする感じ。できそう？」

「飛行機に乗ったとき、一度やったことがある。大丈夫だと思う」

「じゃあ、いこう」

スノーケルのホースは咥（くわ）えず、マスクだけをつけて、ナイアがその場でくるりと体の上下を変える。お尻をつきだしたかと思うと、フィンをつけた足が空を向いた。ばしゃ、ばしゃ、と数回、フィンが水面で跳ねたあと、彼女の姿が完全に消える。

マスクをつけて三回深呼吸をしたあと、僕も潜水を始める。彼女のようにスムーズにはいかなかったが、無我夢中で体を動かしていると、気づけば耳抜きが必要な深さまで潜ることができていた。

地球の重力と、空気の抵抗から脱出し、全身が海のなかにおさまる。音がそぎ落とされて、静寂に包み込まれる。

そこにあったのは、自由な世界だった。

どこを見ても、いくつもの青だった。

澄み切った視界。ときおりあらわれる魚。

自分が何か、人間とは別の生き物になった気分だった。

視線の先、さらに深く潜ったところにナイアがいた。全身を広げて、海にさらしていた。目が合うと、オーケーサインを送ってくる。良い調子、という意味だろうか。どちらかといえば、楽しんで、と言われている気分だった。

そこからは、ただひたすらに圧倒される時間が続いた。こんな世界があることを初めて知った。海のなか。ここは海のなか。視界の端をまた魚が横切る。ぶつからないのかと、少し不安になる。

ナイアは体を海上に向けたり、海底に向けたり、自由に動き回っていた。優雅にくねらせて泳ぐ様子を見ていると、この海のなかで一番自由な存在に見えた。

やがて彼女がマスクを外してしまう。視界がぼやけるのではないかと思ったが、周りがしっかり見えているように、海底からつきでた岩をよけたり、泳ぐ魚を目で追ったりしていた。ひときわ大きな魚に出くわすと、競走するみたいに一緒についていった。

ナイアよりも先に息が限界を迎えて、浮上する。僕に合わせてくれたようで、ナイアも一緒に海上へついてきた。

顔をつきだし、空気を思いっきり吸い込む。さっきまで感じていなかった音が、光が、波の揺れが、とたんにやってくる。

息を整えていると、ナイアがゆっくり近づいてきた。濡(ぬ)れた髪が太陽の光に照らされ、つややかに色めいていた。

「どうだった？」ナイアが訊(き)いてくる。

さっきまでの光景が頭のなかで反復される。あの心地よさを僕は過去にも体験していた。そう、走っているとき、周りに誰もいないあの瞬間と、とてもよく似ていた。感じたのは、久々の自由だった。

気づけば答えていた。

「もう一回」

三回目の潜水でようやく海底に触れられた。海上近くの水よりずっと冷たくて、なぜかそのとき、生きていることを強く実感した。

ネコ岩のもとまで戻り、そこから岩場に上がる。フィンを脱いで移動し、しばらく近くの浜で寝転んだ。ナイアも横に座り、沈み始めた太陽を眺めていた。自分たちがいる場所だけ濡れていき、砂浜が色を変えていく。

「どうだった？」彼女がまた訊いてきた。

「凄かった。空気以外のぜんぶがあるような世界だった」

でしょ、と、ナイアがとびきりの秘密を持っているみたいに笑う。

「スクーバダイビングなら、その『空気』を持って海に入れるよ。タンクを背負って、今日よりもずっと長く、そしてもっと深く潜れる」

「……どこまで？」

「一番簡単に取れる『オープン・ウォーター・ダイバー』のライセンスを持つだけでも、一八メートルまで行ける。今日の約三倍の深さだね」

一八メートル。そこには、どんな景色が広がっているのか。話しぶりからすると、ナイアはもっと深くまで潜っている様子だった。僕よりもずっと長く、ずっと前からダイビングを知っていた女の子。同い年でも、目にしてきた世界が、こうも違うなんて。

「ありがとう、島崎さん。楽しかった」

「……ナイアでいいよ」

間を置いて、彼女が続ける。

「昨日から、意固地になってごめんなさい。最低とか、変態とか、もう言いません。だから、その……許してくれる？」

顔を傾けて、ナイアがこちらを向く。髪の毛先から、ぽたりと海水が落ちて、砂を濡らす。

「次からは僕も、上手（うま）くごまかせるよう頑張るよ」

意味をすぐに理解し、ナイアが噴き出す。僕も合わせて笑った。重なる笑い声が心地よかった。

立ち上がり、道具を持って二人で砂浜を去る。崖に設置された階段を上って店を目指しながら、僕はナイアに尋ねた。

「さっき、水中でマスク外してたよね。ナイアはあれで見えるの？」

「うん。私って水中視力が人より良いらしくて。地上よりは多少はぼやけるけど、けっこうちゃんと見える」

水中視力。聞きなれない単語だが、文字通りの意味だろう。水中のなかで物がどれくらい見えるかの尺度。

「水のなかだと光の屈折率が変わるから、それでピントが合わせづらくなるらしいね。私の目は、その調節が上手くできるんだって。覚えてないんだけど、私、幼い頃ハワイで車の事故に遭ってるの。それ以来、目の色彩がちょっと変わっちゃって。お医者さんはそのときに得たギフトだって言ってたよ。瞳の色がひとより違うのはちょっと恥ずかしいけど、ハンデも使いようだよね」

振り返り、白みがかった青の、その瞳を向けて笑ってくる。自分の体に刻まれた過去を、彼女は完全に受け入れていた。

話を聞きながら、僕は自分の足首に居座る傷のことを思い出す。いつか僕も、ナイアのように、痛みを笑える日がくるだろうか。

「葵くん、ウェットスーツとフィン、それからマスクとスノーケルは一旦船のなかに入れておいて。それできれいになるから」

階段を上り切り、店の壁によりかかる船の前まで移動すると、いつの間にか水が張られていた。出発前にナイアが準備していたらしい。彼女は近くの蛇口をひねり、ホースから出ている水を止める。言われたとおり、道具を船に溜まった水のなかに沈めておく。ウェットスーツは着るよりも脱ぐほうが簡単だった。

「ベルトは預かる。しまってくるから葵くんは先に店入ってて。もし戻ってきたお母さんたちとはち合わせたら、上手く言い訳しておいて」

重りのついたベルトを預けて、店の出入り口のほうへ向かう。メリアさんと観光客たちはまだ戻ってきていないようだった。

店に入ろうとしたところでくしゃみがでた。七月が近づいてきているとはいえ、まだ水着だけだと夕方は少し冷える。

シャワーを一度浴びたかった。店内の廊下を奥に進み、更衣室から着替えを取って、そのまま隣の浴室に向かった。

浴室のドアを開けようとした瞬間、床とドアの隙間から明かりが漏れていることに気づいた。なかからシャワーの出ている音が聞こえて、ナイアが先に使っているのだと察した。

静電気が走ったみたいに、ドアノブから手を離す。

危ない。せっかく友好関係を修復できたのに、覗き（のぞ）と勘違いされたら、また変態扱いされるところだった。関係もあっという間に逆戻りだ。だが上手く回避できた。僕はテンプレートなラブコメマンガの登場人物みたいに注意散漫じゃない。

シャワーは後回しにしようと、きびすを返したそのときだった。

バスタオルを前に抱えた、裸のナイアが立っていた。

「ほぎゃあ！」

「なんでだよ！」思わず理不尽な叫びがでた。

わたわたとナイアが足と手を暴れさせる。小麦色に日焼けした肌と、水着や下着で普段隠れているはずの白い肌が、視界にちらつく。

「の、ののの覗き！　変態！」

「違うちゃんと開ける前に察して一度戻ろうと……」

しゃべっている途中で、慌てるナイアがとうとうバスタオルを落とす。隠すものを失い、あらわになった彼女の体が目に飛び込んでくる。スキンダイビングで圧倒された海のなかの光景が、僕の記憶からすべて消し飛んだ。

彼女の悲鳴が、響き渡る。

「やっぱり最低！」

第二章

走っている夢を見た。過去を追想する夢で、場所は僕が部活中に決定的な怪我をすることになる、学校近くの坂道だった。きつい登りを切り抜け、住宅街を通過し、下り坂にさしかかる。先頭集団に入り、そのまま速度を上げる。

僕は欲をかいて、先輩たちの前に出ようとする。一秒でも良いタイムでゴールし、確実にレギュラーの座を獲得しようとする。これから先に起こる未来を自分だけが知っている。止まりたいのに、足が止まってくれない。

これから足をとられることになる、道路の凹凸が視界にあらわれる。止まらない。そしてとうとう、つまずく。同じ景色が繰り返される。足首に激しい痛み。そしてバランスを失い、前に転倒する。コンクリートの地面が迫り、思わず目をつぶる。

次の瞬間、体が水につつまれる。重力と痛みから解放されて、海のなかへと移動する。黄色い魚の群れを目で追っていると、その奥から誰かがやってくる。日焼けした肌の女の子。タンクも背負わず、マスクも、スノーケルも、ウェットスーツも、そして水着さえもなく、裸の彼女がほほ笑んでくる。その手が僕の頰に触れようとして――

目が覚める。

カーテンの隙間から、朝日と波のくだける音が部屋に入り込んでくる。

階下のリビングから物音がする。一人だけど、一人じゃなかった。

ここは居候先のダイビングショップだ、と頭を整理する。引っ越してきて一週間、いまだに起きると、たまにここはどこかと戸惑うときがある。

着替えて一階に下りると、食卓に朝食が並んでいた。メリアさんが鼻歌を歌いながら、食事を準備していた。

「毎日すみません。食事の準備、今度は僕も手伝います」

「おはよう葵くん。いいのよ、楽しくてやってるから。それに葵くんはゆっくり食べてくれるから嬉しい。ナイアなんて食事をただの栄養補給みたいに済ませて、とっとと海に行くんだから」

そのナイアはすでに食べ終えたらしく、姿はない。席につき、メリアさんとともに朝食を取る。白いご飯に、焼き鮭、近場の漁港で売っているというしらす、味噌汁に卵焼き、どれも見るだけでお腹が鳴る。

録画しておいたドラマを観ると言って、メリアさんがテレビをつける。朝のこの時間は、いつもメリアさんのドラマの時間だ。最近は僕も筋が追えるようになっていた。死刑囚の女性と一般人の青年が対話をする物語だった。

そのとき、どたどた、と階段を下りてくる足音がした。ほぼ落下するような勢いと速度で、持ち主がすぐにわかる足音だった。

「お母さーん、サップボードひとつ借りるね」

ナイアは今日も海にいくようだった。登校する前の時間さえ利用し、彼女は海に入っている。サーフィン、ウィンドサーフィン、サップ、スノーケリングと、毎日のようにアクティビティが変わる。今日はサップをやるようだ。

「ナイア、最近ラッシュガード着るようになったのね」ドラマとナイアを交互に見ながら、メリアさんが言う。

最初に出会ったときは水着だけだった彼女だが、ここ数日は水着の上にパーカータイプの灰色のラッシュガードを着込んでいる。前を閉めて完全に隠してくれるのは助かるが、下は依然として開放的なままだ。

「どこかの変態がじろじろ見てくるから隠したの」

明らかに視線がこちらに向いていた。メリアさんの前でなんてことを言うんだ。飲もうとしていた味噌汁から口を離し、すぐに弁解する。

「えん罪だ。じろじろなんて見てない」

「葵のことだなんて一言も言ってないし。それでも反応したってことは変態だっていう自覚があるんだね。自覚のある変態って嫌だね」

「自覚のない自意識過剰よりはマシだ」

「なにを！」

まあまあ、とメリアさんが仲裁に入る。笑顔ではあるが、ドラマの視聴を邪魔されて少し不機嫌なのがわかった。ナイアも察してすぐに引き下がった。

リビングを出ていくナイアと見送るメリアさんが、いつもの挨拶を交わす。「pehea ʻoe?」、「maikaʻi」。それから去り際、僕に向かって「スケべっ」と、短く言い残していった。

久しく聞いていなかった単語に、反応が遅れた。

「なんであんな消費期限の切れた言葉を」

「ハワイに伝わってる日本語の一つよ。スケベ」

「もう恥ずかしくてハワイに行けない……」

食事を進めながら、メリアさんが言ってくる。

「ナイアとだいぶ打ち解けたみたいでよかったわ。家にも馴染(なじ)んでくれて嬉しい」

「あれで打ち解けてますか」

「会う前はあの子も不安がってたのよ。仲良くなれるかとか、どんな子なのかとか、しつこく訊いてきたんだから」

「ナイアが？」

「失礼のないようにって、敬語を勉強しはじめるし。まだ全然たどたどしいけど」

「一度も聞いてませんよ、敬語。敬われるどころか変態呼ばわりですよ」

「仕返しに夢のなかで裸でも見てやりなさい」

「…………」

もう見たとは死んでも言えなかった。


「ナンヨウハギ！」

授業中、ナイアが立ち上がり突然叫んだ。我に返りあたりを見回す。明らかに寝ぼけていた。クラスメイトたちと、教壇に上がっている教師の視線を一気に集めて、青ざめていた。海に必ず入ってから登校するナイアは、しばしば授業中に居眠りをする。

教師がナイアを追及する。

「島崎、先生はナンヨウハギじゃない」

「はい。間違えましたです。すみませんです」

「敬語も違う。お前、居眠りしてたな？」

「いえ、してないです。先生をナンヨウハギと間違えただけです」

「いま自分の首をしめたぞ」

「先生の雰囲気がナンヨウハギと同じくらい優雅だったのでつい叫びました」

「そんなにか。そんなに居眠りを認めたくないのか」

結局、教師が折れて追及をやめた。乗りきったという風にほっと息をついていたが、ぜんぜん無事ではなかった。クラスメイトたちが小さく笑い声を上げていた。良くも悪くも、ナイアはクラスで注目を浴びている。平穏に過ごしたければ、あまり話さないほうがいいかもしれない。

昼休み、そのナイアがめずらしく向こうから話しかけてきた。片手には弁当箱を持っていた。それを見て、メリアさんから昼食を受け取るのを忘れていたことに気づいた。

「葵、忘れもの」

「いま気づいた。ごめん、ありがとう」

「あと今日の洗たく当番、忘れないでね」

「うん、ちゃんと覚えてる」

家庭内の簡単な事務連絡を済ませて、ナイアが去っていこうとする。だが足を止めて、再び戻ってきた。

「明日って空いてる？」

「明日？　特に何も予定ないけど。店の手伝いをするくらいかも」

どうして？　と訊くと、ナイアが黙り始めた。眼をそらし、明らかにぎこちない様子だった。何か恥ずかしがって躊躇しているようにも見えた。

「……やっぱりなし。いまの忘れて」

「いや、なんだよ。気になるよ。何か用事でもあるのか。手伝うよ」

「なんでもないから」

「教えろって」

「なんでもないんですわ！」

「敬語おかしいぞ！」

結局、聞き出せずにナイアは一方的に去っていった。その様子を見聞きしていたのか、前の席の高坂くんが机に身を乗り上げて訊いてきた。

「なにいまのっ？　島崎さんとどういう関係？　それって弁当？　島崎さんがつくった

の？　え、なに、葵ってあの子と付き合ってるの？　それに洗たくって何だ！　まさか一緒に住んでるのか？」

「違う。違わないけど違う」

どういう意味だ！　と、質問が続く。余計に混乱させてしまったようだった。確かに答え方が悪かった。

いまはまともに取り合わないほうがいいと判断して、一度弁当を持って教室を出た。高坂くんは何度か僕を呼びとめようとしたが、幸い追ってはこなかった。

落ちついて昼食を取れる場所を探そうと、廊下を歩く。窓から中庭が見下ろせて、ちょうどいいスペースだと思った。さっそく居心地を確かめてみよう。僕もそろそろ、教室以外の居場所が欲しくなっていた。

「行足(ゆきあし)葵くん」

階段を下りようとしたところで、フルネームで誰かに呼ばれた。振り返ると、その顔に見覚えがあった。ナイアのボディガードと呼ばれている、あの女子だった。

長い黒髪。細部までぴしっと、シワなく整ったワイシャツとカーディガン。口をへの字に閉じ、まっすぐ見つめてくる。その口元の端には小さなほくろ。ナイアより背丈は若干高く、そして彼女とは対をなすように、一切の日焼けがない白い肌。

「私、飯川美麻。ナイアにあなたのことを聞いた。いま一緒に住んでるんでしょ」

「……い、一応。居候させてもらってる」

行足くん、と一歩近づいてくる。何も言わずにそのまま近づいてくるので、同じ数だけ一歩ずつ下がる。気がつくと踊り場の端に追い詰められていた。

「私はナイアを一年生の頃から知っている。どんな挙動も変化も見過ごさない自信がある。だからもし、ナイアがあなたから危害を加えられたら、私はすぐにそれを察知して対処することができる」

機械が用意した構文を読み上げるような、淡々とした口調。

「忠告しておく。ナイアに少しでも変なマネをしたら許さない」

「……変なマネって、たとえば？」

「二人きりで長時間、同じ時間を過ごしたり――」

スキンダイビングで一緒に過ごしました。

「体のどこかに触れたり――」

ウェットスーツを着るときに手伝ってもらって、触れました。

「裸を見たり――」

見ました。

「そういうことが一つでも発覚すれば」

ぜんぶです。

飯川さんの忠告を耳にするたび、どんどん視線が落ちていく。大丈夫だろうか。気づかれていないだろうか。

視線を合わさないことに気を取られすぎて、そのとき飯川さんに腕を握られていることに、僕は遅れて気づいた。冷凍庫に住んでいるみたいに冷たい手だった。

次の瞬間、味わったことのない痛みが関節を襲った。体全体があっという間に、捩られた腕の方向に傾いた。すべての重力がそちらに向いているような気分だった。

「痛い痛いなにこれなにこれ!?」

「合気道の二段を持ってるの。基本的には護身術だけど、ふいをついてこうやって相手を制圧することもできる」

「急に制圧しないで！」

「私、ナイアと違ってあまり人づきあいが上手じゃないの。人と話すの好きじゃないし、疲れるし、適切な距離がつかめなくていつも苦労する」

「いままさに適切な距離ではない！」

関節技からようやく解放される。何度か逃れようと試みたのに、まったく動けなかった。

人見知りの合気道二段の実力を思い知った。

飯川さんが続ける。

「ナイアはそんな私と仲良くしてくれる。だから私もその愛に応えるの」

かけられた関節技の痛みが、その愛の重さを物語る。ニックネームの意味が改めてわかった。確かに立派なボディガードだ。

「ナイアのことが大切なんだね」去ろうとした飯川さんに、僕はおそるおそる尋ねた。

振り返った彼女は、初めて笑顔を見せてきた。

「うん。世界でいちばん」


おなじみの光景となった、放課後に一番に教室から飛び出していくナイアを見届けたあと、僕もゆっくり帰路についた。途中まで帰り道が一緒だった高坂くんにしつこく追及された以外は、いつもどおりの放課後だった。

帰宅すると、店内に二人の女性客が来ていた。椅子に腰掛けマリンスポーツの雑誌を読んで楽しそうに話し込んでいる。いらっしゃいませ、とまだ口に慣れない挨拶をして、通り過ぎ、そっと店の奥へ消える。それから、台所の冷蔵庫の前でうんうんと唸(うな)るメリアさんを見つけた。

「どうしたんですか？」

「あ、いや、急にウィンドサーフィンしたいっていう常連さんが来てて」

「店にいた二人ですね」

「でも夕飯の買いだし、まだ行けてないのよ。ナイアも知り合いのところに遊びに行ってるし」

「それなら僕が行きますよ」

　葵くんが？　とメリアさんの顔が上がる。店の手伝い以外にも、力を発揮できる機会がめぐってきた。家賃と光熱費分はしっかり貢献しなければならない。

「買いだしと、あとよければ夕食もやります。メリアさん、疲れちゃうでしょう。そんなに凝ったものはつくれませんけど」

「できるの？」

「父が留守がちだったので、ある程度の自炊は」

　ほっとしたようにメリアさんが息をつく。ありがとう。ぜひお願い。メリアさんはそう言って僕に材料費を渡してきた。余ったお金はお小遣いにしていいそうだ。

　ウィンドサーフィンに出かけるメリアさんと客二人を見送ったあと、戸じまりをして僕も買いだしに出かけた。

店のわきに停めてある自転車を使って良いというので、お言葉に甘えることにした。見ると黄色の車体で、かなり年季が入っていた。下手にいじると壊れそうな気がしたので、サドルの位置は調整せずに乗った。がちゃ、がちゃ、と錆びたチェーンのこすれる音とともに、ゆっくりこぎ進めていく。不安とは裏腹に、やがて自転車は快調に走り出した。潮風を受けながら走る海岸線はとても心地よかった。

駅前の商店街とその周辺のスーパーがおすすめだというので、言われたとおりに向かった。商店街に行くのは、この街に初めて訪れた日以来だった。道は覚えていて、スムーズに移動できた。店の手伝いが終わったあとや、放課後に何度か散歩していたおかげで、地理や位置関係も何となく把握してきていた。街のなかに、自分という存在を少しずつ浸透させている最中だ。

商店街入り口のパーキングエリアに自転車を停めて、並ぶ店を順番に見ていく。精肉店、青果店、鮮魚店、住む側の立場になると、目にとまる店も変わってくる。つくるものはすでに決めていたので、必要な食材を集めていった。少しだけお金が余り、書店で文庫本を一冊買って帰った。

袋を抱えながら、パーキングエリアに停めた自転車へ向かっていたときだった。

通りの向こうで見覚えのある女子が歩いていた。水着でも制服でもない、私服姿のナイアだった。ノースリーブの涼しげなワンピースに、サンダルを履いている。そのナイアの隣を、すらりと背の高い女性が歩いていた。くねくねとうねる、長い黒髪が特徴的だった。ナイアは知り合いのところに遊びに行っていると、メリアさんが話していたのを思い出す。あの女性のことだろうか。

ナイアが僕に気づく様子はなかった。眺めていると、二人はそのまま南国風のダイニングカフェに入っていった。扉はなく開けっぱなしのカフェで、カウンターテーブルにナイアと女性が座る。カフェの主人らしい、がたいのいい日焼けした男性が笑顔で出迎える。ナイアが何か話すと、二人が笑った。どんな関係なのだろう。少なくともナイアが海に遊びに行く時間を削る程度には、仲の良い人たちのようだった。

自分の仕事を思い出し、自転車のかごに買い物袋を入れる。がちゃ、がちゃ、と錆びたチェーンを軋(きし)ませながら徐々に加速し、僕は海岸を目指す。

店に帰りつく頃には夕食の準備ぎりぎりの時間になっていた。調理を進めていると、最初にナイアが帰ってきた。通りで見かけたことはなぜか言わなかった。放課後、初めて会うフリで言った。

「おかえり」

「……ただいま」

僕が夕食を準備していることに疑問や質問が色々ありそうな顔をしていたが、結局、短く言葉を交わし、ナイアは部屋に上がっていった。

それから仕事を終えたメリアさんが帰ってきた。

「あら、すごい。ほんとに料理できるのね。これから何度か頼っちゃうかも」

メリアさんがシャワーを浴びて着替え終えたタイミングで、夕食もちょうど完成した。失敗しにくい中華料理をメインにつくった。匂いに釣られたのか、ナイアもちょうど下りてきた。

三人で食事を進める。メリアさんがすぐに絶賛してくれた。ホイコーローが特に美味しいと褒めてくれた。思えば自分の料理で人が喜ぶところを、初めて見たかもしれなかった。たまに父につくったことはあっても、あの人はろくな感想一つよこさなかった。

「美味しい……」

ぼそっと、向かいの席でナイアがつぶやいた。嬉しくなって、調子に乗って思わずからかった。

「ん？　なんて？　変態の僕がつくった料理がなんだって？」

「……っ！　何も言ってないっ」

「じゃあその目の前の焼き餃子は僕がもらおう」

「美味しいって言ったの！　もう言わない！」

皿ごと奪われ、結局ナイアが一人ですべて餃子を食べてしまった。メリアさんと二人でその様子を笑った。

片づけをしながら、朝、メリアさんに言われた言葉を思い出す。家に馴染んできた、と。確かに少しずつ、僕もこの店の一員になれてきているかもしれない。

そういえば、ナイアが夕方に会っていた知り合いとはいったいどういう関係なのだろう。夕食時に聞こうと思っていたが、結局タイミングを逃し、聞きそびれてしまった。

その知り合いの正体が明らかになったのは、翌日のことだった。


ここに住み始めてから、初めての土日がやってきた。マリンスポーツを楽しむ客も多く訪れ、店の手伝いも少し忙しくなる。レンタル用の器材の掃除に準備、店用のパソコンを使ってのアクティビティの予約確認にメール対応と、常に手と頭を動かす。メリアさんは朝からお客さんを連れてサップツアーに出ている。

気象情報を提供する会社からメールが送られてくる。風向きや風の強さ、潮の満ち引きといったデータを、掲示板に書き込んでいく。海を相手にアクティビティを楽しむ、すべての客にとっての大事な情報源だ。書き漏らしやミスがないよう、何度も確かめて数字を写した。

次にやるべきことは何だ。更衣室とシャワールームの掃除か。駐車場の雑草も気になる。頭のなかでリスト化しながら、パソコンの前から立ち上がろうとしたときだった。

店のドアについたベルが鳴り、レジカウンター越しに目をやると、一人の女性が入ってきたところだった。麦藁帽子にサングラス。踊るようにくねくねと曲がる、長い黒髪。その髪型と、すらりと長い背丈に、見覚えがあった。

女性がサングラスを外し、僕に気づいて近づいてくる。

「おはよう。きみが例の『葵くん』？」

「は、はい。そうです」

さっと手を差し出してくる。勢いがよく、握手をするための動作だと気づくのが少し遅れた。握り返すと、満足そうに女性がうなずく。

「あたしは帆口心美。みんなは『ここみん』って呼ぶよ。よろしくね」

「……ああ！　そういうことか！」

名前を聞いてようやく正体がわかった。この店に所属しているダイビングインストラクターだ。ダイビングツアーの当番カレンダーに、このひとの名前があった。二人いるうちの一人、帆口心美さん。今日はちょうど、このひとが担当する体験ダイビングのツアーがある。

「はじめまして、こちらこそ今日はよろしくお願いします、帆口さん」

「ここみんでいいって。はい、やりなおし」

「……ここみんさん」

「むう……まあ最初はそれでいいだろう。きみは慎重な子だなぁ」

昨日の夕方、ナイアが通りを一緒に歩いていたのは店に所属しているダイビングのインストラクターである、ここみんさんだった。ほんの少しだけ怪しげな人物かと警戒していたが、すべて合点がいった。

「ナイアから聞いてた話と印象が少し違うね。なんかきみ、普通に良い子じゃん」

「聞かなくてもわかる気がしますが、いったいどんなねじ曲がった印象を耳に？」

「ええと、たとえば――」

そのとき、店の奥から駆けてくる足音がした。もちろんナイアだった。めずらしいことにちゃんと服を着ていた。

「ここみん！」

「やあ、今日も元気なイルカだ」

ここみん、と胸に顔をすりよせる。ここみんさんが興奮をなだめるように、ナイアの頭を撫でる。イルカというより犬に見えた。

「お客さんの分のタンクと器材の準備は済んでるよ」

「ありがと。ちょっと早いけど、ＢＣＤにタンクつけちゃおうか。背負えるだけの状態にしといてあげよう」

了解、とまたナイアが裏口に駆けていく。僕も何か手伝いますか、とここみんさんに訊くと、きみは本当に良い子だな、と若干引かれた。不本意だった。

「今日はお客さん何人だっけ？」ここみんさんが訊いてくる。

「三人です」

「じゃあ三人分の椅子と、ホワイトボードを用意して。店内のここ使って、体験前にレクチャーをするから。あたしは着替えてくる。更衣室借りるね。覗くなよ青年？」

「わかりました。あと覗きません」

「……ちょっとくらい迷ってくれてもいいんだぞ。あんまりはっきり断言されると、お姉さん落ち込む」

ここみんさんの冗談は置いておき（どういうひとがだいたいわかってきた）、準備は五分もかからなかった。簡易的なレクチャースペースができると同時に、三人組のお客さんがやってきた。三〇代ほどの女性が一人に、五〇代ほどの男女。三人は家族だとわかった。母と父、それから娘。

三人には椅子に腰掛けて待機してもらい、持ってきてもらった同意書を預かる。三人が店内に飾られた写真に見惚れているうち、着替え終えた小粋なお姉さんが戻ってくる。前が開いた状態でパーカーを着て、下はジーンズを履いていた。日焼け管理が徹底された白い肌と、紺色の水着がクールに似合っている。

「本日みなさんのガイドをさせていただきます、ダイビングインストラクターの帆口心美です。みんなはここみんって呼びます。なのでどうぞ、ここみんとお呼びください。それ以外の呼び方では受け付けません」

お客さんに対しても『ここみん』呼びは強制らしい。家族客の三人は、苦笑いしながら了承していた。

何か指示があったときにいつでも動けるよう、後ろのほうで待機することにした。レクチャーの内容も自然、耳に入ってくる。油断すると、なんだか自分が四人目の客であるかのような錯覚を覚えた。

「本日体験いただくダイビングは二本。途中、間に昼休憩をはさみます。体験ダイビングなので、それほど深いところまでは潜りません。深くないといっても一二メートルは潜りますす。体験としてのダイビングなら、十分楽しめると思いますよ」

客の三人が顔を見合わせる。不安と楽しみが適度に混ざったような笑顔を浮かべていた。

一二メートル。この前ナイアに連れられてスキンダイビングで潜った深さの、倍以上はある。空気の入ったタンクを背負い、人間はその深さまで潜る。

「もちろん皆さんをいきなり海に突き落として、さあ潜れ、とやることはしません。必要な動作と手順はここでしっかりレクチャーさせていただきますから、ご安心ください。それから、どんなささいな質問でもどうぞ」

「ライセンスがあるひとはもっと深くまで潜るんですか?」母親が手をあげた。

「ええ、一番簡単に取れるオープン・ウォーターと呼ばれるライセンスをとれば、一八メートルまで潜れます。アドバンス、ディープ、マスターといった風にどんどんランクを上げていけば、四〇メートルほどまで潜ることも可能です。潜れば潜るほど、海中の色も、景色も、棲(す)んでいる魚も、何もかもが変わります。もし今回の体験でハマれば、ぜひライセンスの取得を。ちなみにうちではライセンス取得もできますよ」

店の宣伝もしっかり忘れない、ありがたい存在のここみんさんだった。客の三人は一八メートルと聞いてのけぞり、四〇メートルと聞いたときにはとうとう絶句していた。海の深さと底知れなさを、改めて思い知る。

ダイビングをする上での心構えと手順が説明され、最後にここみんさんは店の奥に顔を向けて、ちょい、と手招きをした。やってきたのはナイアで、いつの間にか水着に着替えていた。恰好（かっこう）がここみんさんとだいたい同じで、二人は師弟関係にあるように見えた。実際そうなのかもしれない。

「今日、あたしの補佐に回ってくれるこの店の看板娘、島崎ナイアちゃんです。この子も一緒に潜ります」

よろしくお願いします、とナイアが元気に頭を下げる。その一瞬の声色と動作だけで、もう家族客に受け入れられたのが雰囲気でわかった。

「ハワイ出身で、海の知識ならもしかしたらあたしより詳しいかも。頼りになりますよ。この子はアドバンスのライセンスを持ってて、さっきの話で言うと三〇メートルまでは潜れます。将来はインストラクターになるのが夢で、いま修業中です」

ナイアが簡単な挨拶を添え、あらためて頭を下げる。朝からいつも以上にテンションが高かったのは、このためだったらしい。海に潜れる。その一つさえあれば、彼女はきっと無敵なのだろう。

けど、気持ちがわからないわけではなかった。スキンダイビングに連れていってもらったときの、あの海中の光景がよぎる。何もかもが自由で、解放されていて、どんな魚と出会うかわからない世界。ここみんさんのレクチャーを聞いている間も、何度も思い出していた。気づけば意識が海のなかへ向かっていた。またあそこに行けたら、どんな気持ちになるだろう。どんな景色が、待っているだろう。

ひと通りのレクチャーが終わり、客の三人が着替えるために更衣室に移動していく。

「葵くん。店の前に置いてある器材の最終チェック、お願いできる？　不足してるものがないか」

「わかりました」

チェック項目が書かれた店のマニュアルシートを手に、外に出る。ダイビングではBCDと呼ばれる機能付きジャケットや、空気の入ったタンク、それをつなげるレギュレーターと呼ばれる器材など、さまざまな道具を身につけて海に潜る。一つでも不足があれば潜れない。大事な役目だ。

店の前に並ぶ器材を順番にチェックしていく。

その途中で、あれ、と思わず声をあげた。

用意された器材のセットが、六つあった。客の三人と、ナイア、それからここみんさんの分。一つ余ることになる。

振り返ると、ちょうどここみんさんが店から出てくるところだった。

「あの、器材のセットが一つ多いです。六つあります」

「いや合ってるよ。だってきみも潜るんだもん」

「あ、え？　僕も？」

驚く僕に、ここみんさんはいたずらが成功したような笑みを向けてくる。

「レクチャーは後ろから聞いてたでしょ？」

「だ、だけどどうして……」

器材のセットが事前に準備されていたということは、最初から僕も加えることを決めていたということだ。器材の準備を進めていたナイアの姿を思い出す。

「ナイアも知ってたんですか？」

「知ってるも何も、あの子に頼まれたからだよ」

「えっ？」

「きみを連れていってあげられないかって、昨日会ったとき頼まれたの。可愛い弟子の言うことは断れないよね。当日判断するつもりだったけど、きみの性格的にもダイビング問題なさそうだし。むしろ向いてるよ」

ここみんさんの背後、店のなかから顔だけ出して、こちらの様子をうかがっているナイアが見えた。目が合うとさっと隠れてしまった。彼女がまた、海に誘ってくれた。

「ナイアとこの前、スキンダイビングしたんでしょ。あの世界を知ったってことだ。レクチャーを聞いてたときのきみの顔を見て、すぐにわかったよ。きみはもう、とっくに海につかれてる」

波のくだける音が、風に乗って聞こえてくる。来てみろ、と呼ばれている気がした。あの広大な海のなかに、もう一度行ける。

「着替えておいで、青年」

「……はい」

気づけば駆け出していた。後ろでここみんさんが笑っているのがわかった。

店内に入ると、様子を覗いていたナイアと出くわした。顔をそらし、もじもじと下を見つめている。

「昨日、学校で言おうとしてたこと。これだったんだな。誘おうとしてくれてた」

「なんのことかわからない」

「ありがとう。嬉(うれ)しい」

「……い、いいから早く、着替えてきなよ」

そうする、と答えてまた駆け出す。足首の古傷がちくりと痛んだが、すぐに消えた。意識はすでに陸にはなかった。

数十分後には、この体は海底一二メートルの深さのなかにある。


ひと通りの装備を身につけ、店の裏手にある階段を下り、岩場までやってくる。ナイアと一緒に潜ったときと同じく、ここみんさんはあの特徴的な形の岩を指さした。

「カニのはさみの形をしたあの岩が目印です。もし迷ったらあそこに戻るよう覚えておいてください」

「魚だけどね」ナイアがぼそっと添えた。

「ネコだよ」僕も続いた。

三人の間に一瞬の沈黙が流れ、やはりお互いに譲らず決着がつかないまま、一旦の停戦となる。それぞれあの岩に自分なりの名前をつけている。ひとによって何に見えるかは変わる。

「この岩場でフィンをつけてから潜ります。ひとまずあそこに浮かんでる赤いブイまで移動していくのでついてきてください」

客の三人家族は、ここみんさんの動作を真似(まね)してフィンを両足につけていく。ここみんさんは準備を進めながら説明を続ける。

「店内でもレクチャーしましたが、もう一度。ダイビングは潜るときよりも海面に浮上するときが危険です。適切に上がらないと体に多大な負荷がかかります。自分の吐いた空気の泡より速く上がらない、それから、息を止めたまま上がらない、この二つを絶対に守ってください。息を止めたまま浮上すると最悪の場合、肺が破裂します。上がるときは声を出しながら息を吐くのが確実です」

ここみんさんは家族三人に同じ言葉を繰り返させる。それだけ重要だということだ。肺が破裂する、などとぶっそうな言葉も聞こえてきた。僕も暗唱し、心に言い聞かせる。

「正しく遊ぶことができれば、ダイビングほど美しいスポーツはないとあたしは思っています。おどかすだけというのもあれなので、最後にもう一つ。このあたりには時々、バンドウイルカがあらわれるんですよ」

イルカ？　と目を輝かせたのはお父さんだった。娘さんとお母さんがそれを見て笑う。三人の緊張が和らいでいくのがわかった。

「見られると幸運が訪れるといわれてます。これまでやってきたお客さんも、何組かは出会えてますよ。今回も出会えたらラッキーですね。さあ、楽しみが増えたところで、いきましょう」

　ここみんさんがスノーケルを咥え、岩場からゆっくり飛び出していく。ばしゃん、としぶきがあがり、海面に広がる白い泡がおさまったところで、ナイアが続いた。置いていかれないよう、少し慌てた様子で家族三人が続いた。最後に僕が飛び込んだ。

　スノーケルを咥えて呼吸しながら、深く潜らず海面を移動していく。ナイアのつけている白いフィンを目印についていった。途中で一瞬だけ娘さんが遅れたが、大きくはぐれることはなく、あっという間に赤いブイの近くまでやってくる。

「この先から海底が斜面になって下っていき、一段ほど深くなります。今日はそこで潜ります」

　立ちこぎできれいにその場でとどまりながら、ここみんさんが説明していく。ナイアの姿勢もきれいだった。僕と客の三人はくるくると回ったり、沈みかけたりと、忙しかった。タンクを背負うと、やはり少し体のバランス感覚が変わる。

「潜る前に合い言葉を一つ」

　ここみんさんがナイアに目くばせをすると、うなずいたナイアが説明役に交代する。

「私の住んでいたハワイにこういう言葉があります。kokua。コクアとは、助け合うという意味の言葉です。うちのダイビングツアーではこの『kokua』を合い言葉にしています。ダイビングの基本でもあるからです。何かあっても大丈夫。周りに助けてくれるひとがいます。逆に助けを求めているひとがいたら、気にかけてあげてください」

合図とともに、ここみんさん、ナイア、それから客の三人、僕の声が重なる。

「kokua」

そしてダイビングが始まる。

レギュレーターを咥え、顔を海につける。呼吸し、タンクの空気が送り込まれていることを確認する。それからＢＣＤについた排気ボタンを押す。浮き輪の役割を担っていたジャケットから空気が抜けたことで、体が足先から徐々に沈んでいく。頭の先まで全身が海に浸かり、さらにゆっくりと、少しずつ沈む。途中で耳の奥に圧力を感じたところで、すぐに鼻をつまみ耳抜きをする。同じようなタイミングでみんなも同じ動作を行っていた。

怖気づいてしまいそうで、ここまでまともに見ないようにしていた海底のほうに、とうとう顔を向ける。う、と思わず声がでて、咥えていたレギュレーターから泡が多く漏れた。スキンダイビングをしていたときの深さとは、比べ物にならなかった。緊張で心臓の鼓動が速まる。実際の数字では二倍ほどだが、それ以上の深さに思えた。これでもまだ、一二メートルなのか。

半分ほどの深さにきたところで、ここみんさんとナイアがその場で静止する。上がりも下がりもしなくなり、空間に接着されたみたいに、急にぴたりと動かなくなっていた。素人目にも、それが生半可な技術ではないことがわかった。同じ目線の高さにとどまろうと、フィンを動かし、調整する。家族三人はＢＣＤのジャケットに空気を入れたり、抜いたりしながら姿勢を保とうとしていた。レクチャーで説明していたことだ。

「(オーケー？　問題なし？)」

ここみんさんがハンドサインを送ってくる。大丈夫、と全員が返す。ところが、お父さんだけバランスが上手く取れなくなったのか、先に沈んでいってしまっていた。ここみんさんは動じることなく、まったく問題ないという風に、ゆっくりとそのあとについていく。想定外の動きには違いなかったが、そうであることを感じさせない洗練された対応だった。感心して見とれていた僕に、つん、と誰かが指で肩をつついてくる。見ると横にナイアがいた。「(大丈夫？)」と訊いてくる。うなずいて応える。ナイアがついてくるように合図するので、従った。

さらに深く潜っていく。水の温度が明らかに冷たくなる瞬間があった。海底が近づく間に、耳抜きをもう一度行った。

ここはもう陸ではない。海中だ。走る代わりに泳ぎ、飛ぶ代わりに浮上する。地上のルールは存在しない。全身で海を味わう時間。

そしてまたあの、痺れるような瞬間がやってくる。光が海底に差し込み、見上げると、どこまでも透き通った青があった。空が海とすべて溶け合っているみたいだった。頭上を魚の群れが泳いでいた。群れの影が手のひらに落ちて、静かに流れ過ぎていく。

ここみんさん、ナイア、客の三人、吐き出すそれぞれの空気が泡となり、のぼっていく。自分の呼吸の音だけが耳を支配する。タンクから送られてくる空気は思ったよりも乾いていて、舌が口のなかでくっついていた。

海底で息をしている。人間とは別の生き物になった気持ちになる。スキンダイビングのときも抱いたが、今回はより強くそれを感じた。

ここみんさんがハンドサインを送ってくる。店内で教わったレクチャーのなかにはなかったサインだが、みんな、その意図をすぐに察した。

「(さあ、楽しんで)」

さえぎるものがない景色。水平線も、地平線も、ビルも、店も、木々も、何もない。ひたすら広がる。海底の砂からエビが顔を出していた。何かが動き、目を向けるとエイがいた。鮮やかな色をした小さな魚が数匹通り過ぎていった。すごい速さで移動する小さなカニを見た。

　そしてまたしても、僕は彼女に見惚れる。

　僕よりも自由に、そして優雅に泳ぐナイア。すべてから解放され、そこが自分の居場所であると、ナイアの動き一つひとつが主張している。客の前だから遠慮したのだろう、さすがにこの前のようにマスクは外さなかった。顔は見えなかったが、きっと瞳を輝かせて、これ以上はないという笑みを浮かべている。

　向かい合ったナイアが、僕を見て何かを指さしてくる。見ると、岩陰に隠れたウツボがいた。ナイアがウツボに手を振ると、ウツボは隠れていってしまった。移動するナイアのあとをついていく。

　次に何が出てくるだろう、と身構えているうち、あっという間に時間になった。

　ここみんさんとナイアについていき、みんながゆっくりと浮上していく。残されたわずかな自由時間で、全身の力を抜き、大の字になって海面を向いてみた。

　重力にしばられない幸福を初めて知った。陸上部時代、長距離走で走り続けているときの幸せと、やはりとてもよく似ていた。こんな思い、二度とできないとあきらめていた。

　自分の吐く泡を見上げながら、海面を目指す。フィンで水を蹴りながら、ＢＣＤに空気を入れる。見えない大きな手にすくわれていくみたいに、ゆっくりと体が持ち上がる。

海面に顔を出すと同時、ナイアの歓声が最初に聞こえた。

「んん、最高！」

初めてのスクーバダイビングが、こうして終わった。

昼休憩を終えた二本目のダイビングは、一本目と場所を変えて行われた。一本目でできなかった動作の復習がすぐにできるのはありがたかった。さっきよりもスムーズに潜水することができて、おかげでダイビング自体を楽しむ余裕も増えた。傾斜のある海底が特徴的なスポットで、そこでは一本目に潜った場所とは、違う種類の魚が多く棲んでいた。

「すごかったね！　今日は透明度高いしたくさん見られたっ。アオブダイにヒガンフグにヒラメ、あとウツボいたしネコザメもいたね！　あ、でもイルカは見られなかったね。あとやっぱここみんのリードが上手い！　あたしもインストラクターのライセンス取ったらあの動きをお手本にしないと」

岩場にあがり、装備を外している最中もナイアはしゃべりっぱなしだった。僕に対してだけではなく、お客さんの三人にも同じ熱量で話しかけていた。ナイアの熱がうつったように、三人も興奮気味に感想を語り合う。

　ナイアがお客さんを先導して、店につながる階段を上っていく。ここみんさんは周囲の岩場と砂浜に忘れ物や落し物がないかをチェックしていた。ここみんさんのもとへ向かい、改めてお礼を言った。

「いいんだよ、あたしも楽しかった。それにナイアの家の同居人がどんな子かも、わかったし」

「わかるものですか、ダイビングで」

「うん、わかる」

　具体的な理由は告げず、ここみんさんは話題をそらす。

「初めてにしてはめっちゃ筋よかったよ。葵くん、ダイビング向いてると思う」

「そうですかね」

「そうだよ。自信を持ちたまえ、青年」

　ぽん、と肩を叩き、ここみんさんが歩き出す。あとをついていく。ここみんさんが持っていた器具を預かると、気がきくね、とクールな大人の笑みを向けてくる。ナイアがあこがれるのもよくわかる。

「ナイアはずっと前からダイビングを？」

「みたいだね。ハワイにいた頃の話はたまに聞くけど、そのときからやってたみたい。技術だけならもうとっくにインストラクターレベルだよ」

「やっぱりすごいのか」

「海への理解も、愛情も十分。あそこまで好きになれるのもすごい。父親のルカさんを同じダイビングで失ってても、こうして海に飛び込めるんだもの」

「え？」

ふいをつかれてでた僕の声に、え？　と、ここみんさんも振り返ってくる。階段の途中で立ち止まったまま、数秒の沈黙が落ちる。

「ナイアの父親って、亡くなってるんですか」

「ありゃ、知らなかったのか。もうとっくに聞いてるものかと思ってた。しまったな、余計なこと言っちゃったなぁ」

「ルカさんていう名前も、いま知りました」

ぽりぽりと頭をかきながら、ここみんさんはこう返してきた。

「まあ、詳しく知りたかったら本人たちに尋ねてみなよ」

父親がいないことはここにやってきた初日から気づいていた。何か事情があるとは思っていたが、いままで深入りはしてこなかった。

階段を再び上り始めると、ここみんさんが、ぐうう、と盛大にお腹を鳴らした。話題を変えるには良いきっかけだった。

「ああ、お腹減った。死んじゃう。あたし燃費悪いの。すぐお腹減る。メリアさん何かつくってくれないかなぁ。あ、でも今日忙しいか……」

「よければ何かつくりましょうか。冷蔵庫にあまりものがいくつか」

「葵くんきみってやつはまさか料理ができるの⁉」

飛びつかれるような勢いだった。話している間も、ここみんさんはずっとお腹を鳴らしていた。

「いやでも悪いよ、あたしめちゃくちゃ食べるから。たぶん引くと思うから」

「量は大丈夫だと思いますよ。昨日つくった中華が残ってるんです。食材も余ってるので、使い切らないと」

「ではお言葉に甘えて！」

変わり身が早かった。クールで頼りになるお姉さんの人格を、海底に置き忘れてきたようだ。

結論からいうと、全然大丈夫じゃなかった。解散したあと、食卓についたここみんさんは、三人分以上の食事をあっという間にたいらげてしまった。すごく引いた。ダイビングで刻まれた圧巻の景色が、ここみんさんの食事風景に上書きされてしまった。

「だーから、違うってば！　ボードの側面は軽く持つだけ。ずっと握ってちゃだめ。あと右足じゃなくて左足から乗るの。体重はどちらかというと前の方。あと動き出すタイミングが遅いっ」

初めてのダイビングから数日後。

放課後の海で、僕はナイアにサーフィンを教えてもらっていた。理由はダイビングだけではなく、ほかの海のアクティビティも試したくなったからだ。海に関わるものに触れていれば、ダイビング以外でもあの感動を抱けるかもしれないと思った。

試しにお願いしてみると、ナイアは意外にもすんなりコーチ役を引き受けてくれた。海に関することなら、彼女は陸にいるときよりもずっと寛容になる。そしていまのところ、僕はまだちゃんと波に乗れていない。映像で見るサーファーたちはいとも簡単にボードに乗っているように見えるが、やってみると難しい。

「センスないなぁ、葵は」

「じゃあ見本を見せてくれよ」

「いいよ。しょうがない。私が何でもできる天才だってバレちゃうのは才能をひけらかすみたいでちょっと申し訳ないけど、見せてあげる」

　ボードに乗り、両手をオール代わりにして漕ぎ、ナイアが少し先の沖まで進んでいく。視線の先で海面がうねり、徐々に持ち上がり、ちょうど波ができ始めていた。地上から見れば大した高さではないのだろうが、海面から顔だけを出した状態で見上げると、少しの波でも迫力がある。山が迫ってくるような圧と向かい合わなければならない。

　タイミングを合わせてナイアが波に背を向け、勢いよくスピードをあげて漕ぎ出す。波の斜面に乗り上げたところで、ボードが滑空をはじめ、寝そべった彼女が体を徐々に起こしていく。

　そして派手に転倒した。

　ボードからナイアの体が離れ、しぶきのなかに消えていった。

　少ししてボードとともにナイアがもどってきた。一向に目を合わせようとしなかった。出発前の饒舌ぶりが嘘のようだった。

「できてないじゃないか」

「いまのなし」

「ナイア、良いこと教えよう。ボードの側面は軽く持つだけ。ずっと握ってちゃだめだ。あと右足じゃなくて左足から乗る。体重はどちらかというと前の方。あと動き出すタイミ

「いまのなしだってば！　もう一回！　今度こそ！」

それからムキになったナイアの波乗りに付き合わされることになった。失敗が三回目になると体が冷えてきて、僕はボードの上に寝そべった。放課後でも、まだ太陽がまぶしかった。陽光を全身で浴びると心地いい。岩場や氷の上で休むアザラシは、こんな気分なのかもしれない。

うとうとしかけたそのとき、沖のほうからナイアの歓声が上がった。顔を起こすと、波に乗っている彼女の姿が見えた。波の斜面を下りたり、登ったり、そしてしぶきをあげてターンを決めたり、と、確かにそれは僕が想像しているサーファーの姿そのものだった。

くだけた波にのまれ、それから一瞬、ナイアの姿が消える。ボードが最初に浮かんできたあと、続いて気持ちよさそうに海面からナイアが顔をつきだした。首を振り、髪の先からしずくを飛ばす。寝そべった格好でだらけて見物していたなどとバレたら怒られると思ったので、体を起こし、またがるようにしてボードをはさみ、両足を海につけた状態で姿勢よく座って待った。

「見てた？　ねえちゃんと見てた!?　どう、あれがサーフィンだよ！　私の実力がわかった？」

「うん、見てた。この姿勢で最初からちゃんと見てた。すごかったよ、確かにプロのようだった」

「ちなみに最後に見せた技はテールスライドって言ってね――」

ナイアが僕と同じように体をボードに乗せようとした、そのときだった。あらわになった彼女の上半身を見て、思わず顔をそらした。ナイアは僕の反応を理解できていないようだった。

「ナイア、その、足りてない」

「何が？　見本が？　もっと見せろってこと？」

「いや、見せすぎているというか。水着が足りていないんだ」

指摘にはっとなり、ナイアの悲鳴が続いた。すぐに海に飛び込み、身を隠す。波にのまれたタイミングで、水着が外れたらしい。ナイアは両腕をまわし体を抱くようにして胸元をおおうが、水着で日焼けしていない白い肌は完全には隠しきれていない。

見まわすと、数メートル先に白い布が浮かんでいた。動けないプロサーファー・ナイアの代わりにボードを漕ぎ、取りにいった。

水着を回収し、ナイアのもとへ戻ろうとすると、

「ぎゃあ来るなぁ！」

「いや、これじゃ遠いよ」

「じゃあ投げてっ」

「届かないって」

「風向きと潮の流れを読んで最終的に私がいるところに届くように投げて！」

「無茶言うな！」

「じゃあどうしろっていうの！」

考える。幸い、ほかに海に入っているひとはいない。ウィンドサーフィンをしている地元民の姿は見えるが、ずっと遠くだ。このあたりには僕たちだけ。そして思いついた案を口にする。

「海藻を拾って胸元隠すとか？」

「無茶言うな！」

結局ナイアに譲歩してもらい、ぎりぎりまで近づいたあと、投げて届けた。水着をつけ直している間、空に視線を逃がし続けた。

帰り際に一度、僕も再挑戦してみた。ナイアのようなターンはできなかったが、ボードの上に立ち、一直線に滑り切ることはできた。僕の初サーフィンはそんな感じだった。もし続けるなら水着のヒモはしっかり縛っておこうと思った。

別の日には、サップボードで沖へ出た。メリアさんに頼み、体験させてもらうことができた。ボードに乗る点はサーフィンと共通しているが、その他はほとんどが違った。波には乗らず、オールを使って海面をゆっくりと漕いで進み、流れる景色と自然を味わっていく。サーフボードに比べてボードの幅も広く、大きな波に遭遇しない限りは海に落ちることもなかった。

「そうそう、その調子。バランス感覚いいわね。前の学校では陸上部だったんだっけ？」

「はい。いまはもう走ってませんが」

「ダイビングも静寂を楽しめるけど、海の上も以外と静かで、穏やかでしょ？」

振り返ると、陸からかなり離れていた。確かにこの快感は少しダイビングと似ているかもしれない。

漕ぎ進めながら、隣のメリアさんとゆっくり雑談することもできた。時間があるときは、ハワイでの生活について教えてもらうことが多い。

「そういえばこの前、『アロハ』って言葉はあまり使わないって言ってましたけど。普段はどうやって挨拶してたんですか？」

「公用語に英語があるから、ほとんどはそっちを使うわね。ちょっとハワイ訛りが多いけど。『アロハ』も別にまったく使われないわけじゃなくて、たとえば観光地として有名なワイキキとかでは、お客さん相手によく使ってるイメージ。アロハひとつで色々な意味として使えるから、便利なのよ」

「たとえば？」

「いらっしゃいませ、おはよう、こんにちは、こんばんは、じゃあね、またね。それとあとは――」

そこでメリアさんが口を閉じてしまう。あとは自分で調べてみて、と意味ありげな笑みを浮かべてきた。ハワイの言葉には一つの単語だけでさまざまな意味があるらしい。

ふと足元を見ると、海底が少しだけ覗けた。深さは一〇メートルもないと思う。気づけばまた、意識と視線が海のなかに向いていた。

「ふふ、ナイアと同じ」

「え？」

声で我に返り、メリアさんのほうを向く。

「ナイアもサップをやってるとね、いまの葵くんみたいに、じーっと海底を見ようとするの。そっくりで、笑っちゃった」

メリアさんがさらに続ける。

それは僕が探していた問いの答えでもあった。

「葵くんも、すっかりダイビングに魅了されたのね」

ダイビングショップ『hale』の仕事もだいぶ身に付き、放課後の時間に少し余裕ができるようになった。手伝いを終えたあとは海岸を散歩するのが最近の習慣になっていた。もうすぐ七月。水平線に陽が落ちる時刻も、ここにきたときより遅くなっている。

砂浜に腰を下ろし、ただ時間が過ぎていくのを、ひたすら贅沢に味わう。サーファーがボードをかつぎ、海から上がってくるのが見える。波打ち際で犬の散歩をしている女性がいる。打ち寄せる波に向かって吠える犬が可愛かった。

中学生だろうか、ジャージを着た男子数人がランニングをしていた。誰かが冗談を言ったのか、それに対してみんなが笑っていた。笑って乱れた足並みが、再びきれいに戻っていく。あの雰囲気は陸上部かもしれない。

サンダルを脱ぎ、裸足になった足を見つめる。左の足首にはまだ手術の跡が残っている。そこだけが白く、ほかの肌となじまない。跡は消えないと、医者に言われている。傷跡の表面を撫でても痛みはない。むしろそこだけ、少し感覚が鈍い気がする。

「見つけた」

声がかかり、見上げるとナイアがいた。とっさに傷跡が見えないよう、足を砂に隠した。理由はわからなかった。

ノースリーブで黄緑のパーカーに短パンというラフな格好。ここに来る途中で足先だけ海に浸かったのか膝のあたりから少し濡れて、砂がついていた。

「夕飯もうすぐできるから、呼びにきた」

「そっか、ありがとう」

「……来ないの？」

「もう少ししたら行く。夕陽が沈むところがきれいで、好きなんだ」

ナイアはそのまま先に戻っていくかと思ったが、予想に反して、横に座ってきた。僕を待ってくれているのか。一緒に戻るようにメリアさんに指示されたのかもしれない。

ナイアは手で砂をすくい、膝から下の濡れている肌にかけはじめる。そのあと砂を払うと、砂をかけた部分が乾いていた。なるほど、砂に水分を吸わせて落とすのか。海の近くに住んでいるひとの知恵だと思った。

「陸上部だったんだっけ」

「え？　あ、うん」

「種目は？」

「……長距離」

ナイアのほうから雑談を持ちかけられたのが新鮮で、思わず受け応えがぎこちなくなる。彼女自身は特に気にする様子もなく、足に砂をかけつづけている。

「どれくらい速かったの？」

「頑張ればレギュラー狙えるくらいには。怪我して、だめになっちゃったけどね」

「ふうん」

足首までの濡れていた部分が、完全に乾く。ナイアは埋めていた足を出し、砂を払っていく。小さな足だった。

ナイアの質問は続き、僕は順番に答えていった。前の学校のことに関する質問が多かった。都心はどんな雰囲気なのかとか、授業内容はどれくらい違うのかとか、友達はいたかとか、付き合ってた人はいたかとか、そういう他愛ない話をした。

訊かれてもいないのに父と住んでいたアパートでの生活も話した。めったに帰ってこない父の愚痴。放置されて、嫌でも身についた自炊スキル。スーパーの特売で主婦たちにまざってセール品を買い求めた日々。ナイアは笑いながらその話を聞いてくれた。

そして気づけば、口にしていた。

「ナイアのお父さんのこと、聞いた」

「……ん、そっか」

「ごめん。詮索するつもりはなかったけど、たまたま」

「いいよ、お母さんもそのうち話すつもりだっただろうし」

陽が沈むまで、ナイアは自分の父のことを話してくれた。僕が答えたのと同じ分だけ、明かしてくれようとしているみたいだった。答えるたびにあたりが暗くなり、彼女の顔も見えなくなった。

「お父さんは日本生まれのアメリカ人だった。ハワイでお母さんと出会ってからはそっちで住んでたけど、日本でダイビングショップを開くのが夢だったの。何度かここを訪れて、気に入ったみたい。ハワイにある海岸と似てる、っていつも話してた。お店は何年も前から準備を進めてて、私とお母さんもお父さんについていく気だった」

海岸の先端のほうに目を向ける。僕たちの住む、ダイビングショップ『hale』から、灯（あか）りがもれているのが見える。

「私が中学生のとき、お父さんはダイビングのツアー中に事故で亡くなった。それで日本に行く話も、お店のことも、ぜんぶなくなると思ってた。でもお母さんと相談して、お店を開くことにした。それで去年ここにきた。日本語がちゃんと話せるかとか、最初はすごく不安だったけど、いまはきてよかったって思ってる」

「ここみんさんとは去年知り合ったの？」

「ううん、お父さんの前からの知り合い。ここの海の近くに住んでるダイバーたちとも交流があったみたい。ここみんのほかにもお父さんを知ってるひと、まだいるよ」

今度紹介する、と言って、ナイアが立ち上がる。短パンについた砂を払う。僕も立とうとサンダルを履く。

夕陽が水平線に沈む瞬間、ひときわ大きく、あたりを照らした。それまで暗かった砂浜が、その一瞬だけ明るく光った。

「ナイアって名付けてくれたのはお父さん。イルカみたいに元気に、活発に過ごしてほしいって、この名前をくれた」

夕陽に浮かされた彼女の顔は。

すべてを受け入れた、笑顔だった。

「だから私は、たくさんいまを楽しむの。お父さんがつけてくれた名前に恥じないように、いつも笑ってようって決めてるの。そして海を、ずっと好きでいるの」

彼女の強さに、僕はしばらく見惚れていた。

家に戻ると、奥のダイニングから食欲をくすぐる香りがただよってきた。帰ってきた僕とナイアに気づいたメリアさんが、カーテンを上げて「おかえり」と言ってきた。二人でただいまと返す。

食卓に並ぶ豪勢な食事に、おお、と思わず声をあげた。いつもの夕食とは明らかに違っていた。あっけにとられていると、メリアさんが種明かしをしてきた。

「この前、夕食をつくってくれたお礼。ほんとに助かったわ、ありがとう」

「そんな、あんなの全然気にしなくていいのに」

「あとこれは歓迎会よ。うちに来てくれてからバタバタしてててちゃんとできてなかったから。ナイアと二人でつくったの」

それで夕食ができたと、呼びに来てくれたのか。

メリアさんの説明にナイアが付け加える。

「私かなり手伝った。ここにならぶ料理のほとんどは私。八割、というか九割くらい」

「ナイアちゃーん？」

「嘘(うそ)ですごめんなさい三割くらいです」

メリアさんの圧のある笑顔に負け、すぐにナイアが白状する。

三人で食卓につく。

「せっかくだから、ハワイの料理で統一してみたの。こっちがマヒマヒっていう料理で、あれがアヒポケ。どっちも魚料理。デザートもあるからあとで食べてね」

いただきます、と手を合わせ、目の前にあるガーリックシュリンプから口に運ぶ。絶品だった。説明を聞いている最中も、正直我慢ができなかった。食べ進めるとどれも手が止まらなかった。美味しいと伝えることすら忘れてしまった。

「どう？　葵くん、ってあれ？」

メリアさんの僕の顔を見て固まる。遅れてナイアも僕を見て、食事を止めて、ぽかんと口を開けた。何かおかしいところでもあるのだろうか。そうやって確認し、自分が涙を流していたことにようやく気づいた。

「もしかして辛かった？　まずかった？」

「あ、いや、そうじゃなくて……」

こんなことで、自分が泣くなんて思わなかった。自分で自分がもう、わけがわからなくなっていた。

よぎっていたのは、かつての自分の生活だった。一人暮らし同然のアパートに帰る日々。食事は自分でつくり、消化していく。怪我をしてからは、誰もいない部屋で明日も行けない学校のことを思い、ひきこもっていた日々。

誰かが、おかえりと言ってくれる温かさが。

家についた灯りと、自分のためにと用意してくれる料理が。

こんなにも嬉しいと思えるなんて。

「泣いてる……」ナイアが引き気味につぶやいた。あわてて涙をぬぐう。

「泣いてないよ」

「いや、泣いてたよね？　感動してるみたいな感じで泣いてたよね？」

「泣いてないって」

「お母さん、葵いま泣いてたよね？」

「いいから勘弁してくれ！」

ナイアのしつこい追及に降参する。覚えていろ、と心のなかでうなる。絶対にいつか仕返ししてやる。

これがいまの僕の、新しい生活。誰かがいて、近くには海がある。

話題はこの前のダイビングの話にうつっていた。ここみんさんのことや、ダイビング中に見た魚のことを楽しそうにナイアが語っていた。二人の会話が途切れるのを待って、僕は口を開いた。

「ライセンス、取ろうかな」

ナイアが最初に僕を見た。

「オープン・ウォーターっていうんだっけ。まずはそれから取ってみようかな。ライセンス代はどこかでバイトで稼いで。あ、もちろんお店の手伝いも続けます」

メリアさんが笑顔でうなずく。

がたん、と続いて、椅子を蹴る音が鳴った。ナイアが身を乗り上げ、僕に近づき、手を握ってきた。瞳がどんな風に輝いていたか、語るまでもない。

「いいと思う！　それいいよ！　ライセンス取ればもっと深くまで一緒に潜れるし！」

てっきり冷静な態度で、勝手にすれば？　と、いなされるかと思っていた。予想外のリアクションに戸惑っていると、我に返ったナイアが顔を赤くして席に戻り、「まあ、勝手にすればいいと思うけど」と添えてきた。メリアさんと目が合い、僕たちは同時に噴き出した。

笑い声は、しばらく止まなかった。

第三章

昼休み、中庭のベンチで昼食のパンを片手に、僕は教科書を開いていた。国語でも数学でも化学でも英語でもなく、ダイビングの教科書だった。表紙には『オープン・ウォーター・ダイバー・マニュアル』と印字され、ダイビングをしている外国人の男女の写真が掲載されている。

隣に座るナイアがマニュアルを奪い、器具の写真が載っているページを指して訊いてくる。覚えているかの抜き打ちテストだ。

「これは？」

「BCD。浮力調整装置。パワーインフレーターを使ってジャケット内に給気したり、排気したりする」

「じゃあこれ」

「ゲージ。残圧計と水深計、水温計が集まったもの」

「レギュレーター。タンク部分にとりつけるファーストステージと、送り込まれた空気を補給する部分のセカンドステージ、ＢＣＤに送り込む中圧ホースと、ゲージをすべて含めた器具の総称」

　これ、これ、とナイアが指す器具の名称と役割を答えていく。僕が受けようとしているオープン・ウォーター・ダイバーの認定コースには、講習時に筆記テストがあるらしく、いまはナイアに付き合ってもらいながら、その予習をしている最中だった。

「器具は大丈夫そうだね」

「店の手伝いでだいたい覚えてたのが役に立った」

「じゃあ今度はこのダイブテーブルを使った問題」

　ナイアはわきからプラスチック製のボードを出してくる。下敷きよりも少し小さいサイズのボードで、そこには数字やアルファベットを用いたグラフが並んでいる。ダイバーとして認められるには、この専用のボードも読み解けなくてはならない。見るだけでめまいがしてくる。

「とりあえずマニュアルにある練習問題を解いてみて。深度と潜水時間から、二回目のダイビングまでの休息時間を割り出すやつ」

「暗記の次は計算か。学校のテストみたいだ」

「計算じゃなくてダイブテーブルを読み解いて答えるだけだよ」

「数字を見ることに変わりはない。ナイアもこれできるのか？」

「できるよ。そもそも数学、そんなに嫌いじゃないし。むしろ好きなほう。苦手なのは国語のほうかな。漢字とか、むずかしい文章はまだ読めない」

「数学好きとか全然キャラじゃない……」

「ん？　何か言ったかな？　ちょっと国語力なくてわかんない」

笑顔だが感情がこもっていなかった。メリアさんが怒るときの所作と似ていたので、これ以上は触れないことにした。

「ダイビング用のそのマニュアルには、無意味なことは一行も書かれてない。すべての知識が、海で生きるための技術につながるから」

ナイアが過去に使っていたマニュアルをこうして読むと、ページ毎にメモが書かれていたり、要点がペンでマークされてあったりするのを見つける。熱心に知識を吸収していた跡だ。身が引き締まるといえば大げさだが、なんとなく、負けていられない気持ちにはなった。

ナイアがおもむろにマニュアルを渡し、「ちょっと問題解いておいて」と言い残して、ベンチを立つ。

「どこ行くんだ？」

「……ええと、ちょっとお花畑に」

「急にメルヘン。なに？　きみ死ぬの？」

そうじゃなくて、とナイアがもどかしそうに首を横に振る。

「なんか言わなかったっけ。日本語でこういうとき、ごまかすために使うやつ。お花畑じゃなくて、こう——」

「お花を摘みに、でしょ」

声がしたほうを二人で向く。

すらりと長い黒髪の持ち主、ボディガードの飯川さんが立っていた。

真一文字に口を閉じ、上機嫌でも不機嫌でもない顔。目が合うと、前に会ったときの忠告が頭に流れ込み、血の気が引いた。口元の端の小さなほくろに、目をそらす。

「そう、それ。お花を摘みに行ってくる。葵は問題解いてて。あとで答え合わせするからね。美麻には葵のこと、話してたよね？」

「ええ、聞いてる。このひととおしゃべりしてるから、早く行っておいで」

「うん」

駆けていくナイアを二人で見送る。そのあと、飯川さんは無言で隣に座ってきた。いまなら彼女のスカートのポケットのなかで、拳銃の銃口がこちらを向いていても信じられる気がする。

風が二回、違う方向から吹いてきたあと、ようやく飯川さんが口を開いた。

「呼び捨てだった」

「はえ？」

「葵って、ナイアが呼び捨てだった。この前まで『くん』がついてた」

「そ、そうだったかな」

「そうだった。絶対そうだった。あなたもナイアって呼んでた」

「……島崎さんて呼ぶと、居候先では困るんだよ。ナイアの母親と区別できない」

間違ってないか。この答えは間違ってないか。ああ、いますぐ海に逃げたい。飯川さんの関節技の痛みを思い出す。腕をつかまれないよう、彼女の動きを警戒する。

「さっきも肩を寄せ合ってた。何してたの？」

「勉強を教えてもらってたんだ。ダイビングのライセンスを取るから。ナイアはそっちの道じゃ先輩だし」

「手をつなごうとしてた。顔を寄せてキスしようとしてた」

「してないしてない！」

「二回言う奴はたいてい怪しい。しようとしてたでしょ。というかすでにしたでしょ。心のなかでしてたでしょ」

「妄想すごいぞ！　思春期か！」

「思春期よ！」

叫ばれた。

断言された。

もう何も言えなかった。

「ナイアに悪い人間は近づかせない。返しきれない恩がある。ひとりだった私に声をかけてくれた。日々を彩ってくれた。あんな子はほかにいない。だから汚させない。誰にも触れさせない。あの瞳も、日焼けした肌も、笑ったときに見せる歯の形も、走り方もぜんぶ良い。あの無邪気さと笑顔を私は守る。あの子が笑っていられるためならどんなことでもする。危害が及ぶ可能性があれば排除する。冗談だと思う？　試してみる？」

飯川さんが立ち上がり、目の前に移動してくる。ほぼまたがってくるような格好だった。女子に見下ろされて恐怖を感じたのはこれが初めてだった。

人にはそれぞれ、とりつかれるものがある。それは部活だったり、仕事だったり、趣味だったり、そして誰か特定の個人だったりする。そのただひとつの存在に執着し、自分の熱をそそぐ。

僕の場合は陸上競技だった。ナイアの場合は海で、この飯川美麻の場合は島崎ナイアだ。そして熱を帯びた人間が、簡単には止まらないことも僕は知っている。

「僕は飯川さんとの約束は守ってる！」

「これから破る可能性がある。あと『さん』を外して。あなたがナイアだけ呼び捨てにしているその特別な感じが耐えられない」

飯川が手を伸ばしてくる。まっすぐ僕の首元に向かっていた。彼女の声が頭のなかで反響する。冗談だと思う？　試してみる？　いやだ、試したくない。絶対に冗談では済まない。早く帰ってきてくれナイア。いつまでお花畑にいるつもりだ！

「な、ナイアのパジャマ姿っ」

「はい？」

「スマートフォンにデータとして保管して、手もとに置いておきたくないか？」

手を止めた飯川は、すぐに僕の意図を察した。

「……あなたまさか、私を買収しようとしているの？　そんなことで見逃すとでも？　むしろ私の感情を利用しようとするそのやり口に怒りがわく。そもそもパジャマ姿なんてお泊まりをしたときに何度も見てきて——」

「ナイアが大きな口を開けて夕食のからあげを食べている姿」

「…………」

「ナイアが左右違う靴下を履いたことに気づき焦る姿」

「……………ぐ」

「ナイアがお風呂上がりに髪をまともに拭かずメリアさんに怒られてる姿」

「……………っ！」

飯川がうつむき、とうとう黙る。切れるカードはすべて切った。あとは祈るしかなかった。

やがて顔を上げた飯川が、目をそらしながら言ってきた。

「……ナイアが眠たい顔をして朝に歯を磨いている姿も？」

「もちろん用意する！」

そこからの飯川の行動は素早かった。スマートフォンを取り出し、僕と連絡先の交換を済ませたあと、ナイアとはち合わせないように立ち去っていった。さすがにバツが悪かったのだろう。ボディガードの矜持を見た。

それからすぐ、入れ替わるようにナイアが戻ってくる。僕の意識はいまだに、飯川に提供しなければならないナイアのプライベート写真がどれくらい必要になるか、それだけを考え続けていた。一枚や二枚じゃ足りないだろう。

「どう葵？　問題の答えわかった？」

「……三枚くらいか？」

「そう！　正解！」

えっ？　と顔を上げる。ようやく我に返り、ナイアに練習問題の答えを訊かれていたことに気づく。偶然正解していたらしい。

「答えは三時間！　この問題の場合、次の二回目のダイビングまでの間に取るべき休息は、三時間だよ。いい調子だね、葵」

「ああ、なんだかコツをつかめてきたよ。次の問題もいけそうだ」

ナイアの笑顔を直視できなかったのは、言うまでもない。


ダイビング講習のマニュアル本には、海で生きるために必要なすべての技術が載っている。だからその本を使って講習をしてくれるインストラクターによって、自分がどんなダイバーになっていくかが半分は決まるといってもいい。そう言ってメリアさんとナイアは一人のインストラクターを指名した。岸和田明人さんというひとだ。

休日、僕が講習を受ける初日、岸和田さんは白い車体の錆びたバンに乗ってやってきた。

四〇代くらいのがたいの良い男性で、ナイアよりもずっと肌が黒い。駐車場から店に近づいてくるとき、最初、岩が歩いてきたのかと思った。アロハシャツを着たその格好になんとなく見覚えがあって、挨拶する直前、ナイアとここみんさんを見かけたあのハワイアンカフェの店主だとわかった。

「おはよ、岸和田さん」横で一緒に出迎えていたナイアが言った。

「おはようナイア。あ、そうだ、あとで心美ちゃんにこれ渡しといて」

「ここみんに？　何を？」

岸和田さんはかついでいたリュックサックに太い腕をつっこみ、なかからあるものを取り出す。「あっ！」と大きな声でナイアがすぐ反応した。一見、腕時計のように見えるが、それの正式名称を僕も知っていた。ダイビングコンピュータ。潜水時間や深度を記録してくれる、ダイバー専用の時計だ。

「忘れたってさっき連絡があったんだ。おれも同じタイプ使ってるから」

「いいなぁダイコン。私もおこづかい貯まったら買うんだ。いまは持ってるダイビングウォッチで我慢」

今日はここみんさんもツアーのインストラクターとして店に来る日だった。ナイアはそちらに付き添うことになっていた。ライセンス講習を受ける僕たちとは別行動となる。

ナイアは預かったダイビングコンピュータを腕につけて、うらやましそうに眺める。ファッションブランドを身につけて試着室で喜ぶ女子と、本質はきっと似ている。

「それでこっちが例の葵くんか？」

手を差し出してきたので、握った。世界で一番ごつごつとした握手だった。ぶんぶん、と岸和田さんが腕を振るたびに体が上下に引っ張られた。やはりこのひとは岩だ。岩にはさまった手が抜けない気分だった。

「噂はナイアちゃんから聞いてるよ。なんか話と印象が少し違うけど、良い感じの青年じゃないか」

ナイアのほうを睨む。さっと顔をそらし、目を合わせようとしなかった。いったいどんな噂をまき散らしているのだ。

そのままナイアが仕事に戻っていく。振り返りはしなかったが、頑張ってね、と小さく聞こえた気がした。

僕も動き始める。用意しておいた荷物を白いバンのほうに運んでいく。後部座席を倒してできたトランクスペースに器材を載せるタイミングで、岸和田さんが指示してきた。

「レギュレーターはそこ。ＢＣＤはそこね。スノーケルとブーツはそこでいいよ」

言われたとおりの場所に乗せると、おお、と感心したような声が返ってきた。

「予習は済んでるみたいだな。よし、いいぞ」

僕は軽く試験されていたらしい。温厚そうなイメージのあるひとだが、意外に抜け目ないのかもしれない。気を引き締めていこうと思った。

「よろしくお願いします」

「うん、よろしく。今日やるのは限定水域ダイブね。この近くにほかのダイビングショップと共有で使ってるプール施設があるから、そこでやるよ。何か不安に思うことや、疑問点があれば訊いてくれ。わからないことをなくすのが講習の目的だからな」

「はい！」

心強い言葉だ。評判通り、信頼できそうだった。このひとのもとで教われば、僕も安心で快適なダイビングが楽しめるかもしれない。

「ちなみに――」

そのとき岸和田さんが、話を中断して急に駆け出していく。見ると、店からメリアさんが出てくるところだった。メリアさんの名前を呼び、大きく手を振って岸和田さんが近づいていく。そして僕を置き去りにして遠ざかっていく。

「ご無沙汰しております岸和田です！　今日は葵くんをお預かりします！」

「よろしくね、いつも頼りにしてるわ」

「光栄です！　メリアさんに呼ばれればいつでも参上いたしますよ！」

岩みたいに心強そうなひとが、泥みたいにぐにゃりと溶けた笑顔を見せていた。なんとも気の抜けていく光景だった。この先のダイビングで僕がもし溺れたら、このひとのせいにしようと思った。

見送りをしてくれたメリアさんに、岸和田さんは尻尾の代わりに腕をぶんぶんと振ったあと、名残惜しそうに出発した。乱暴な運転で窓に頭をぶつけた。後部座席に積み込んでいる器材が、振動でがちゃがちゃと派手な音を立てる。

白いバンで海岸線を移動する。やがて国道をそれ、山道に入っていく。色子（いとこ）市は海沿いの町でありながら、三方を山に囲まれた土地でもある。電車に乗ってやってきたときも、手前でいくつかのトンネルをくぐっていたのを思い出す。

プール施設への移動中、岸和田さんはダイビング知識に関連したいくつかのクイズを出してきた。

「すべてのダイバーが恐れる減圧症とは？」

「タンクから吸う空気に含まれる窒素が体内に溶け込んで、それが急な圧力の低下で気泡化して起こる障害。ダイビングでの急な圧力の低下は、水深の深いところから急に浮上したり、長く潜り続けたりすることで起こります」

「具体的な症状は？」

「関節の痛みや麻痺（まひ）、めまいに呼吸困難など。減圧症を避けるためには、限られた時間内でダイビングを行うか、一定時間同じ深度にとどまるかの対処法があります」

「うん、だいたい正解。基礎知識は大丈夫そうだ。本当にちゃんと予習してきてたんだな。真面目なのはいいことだぞ。なんだかんだで真面目はモテる。あとダイビングするなら、真面目でいることは損にならない。葵くんは性格的にもきっと向いてるよ。海にかかわる人は大らかで心に余裕がある性格の持ち主が多い」

試しにカマをかけてみることにした。

「メリアさんみたいに？」

「そうあの女神のように！　あのひとこそまさに海を体現したひとだよ。目を合わせているると包み込まれる気持ちになるんだ。あの店はリピーター客が多いけど、とりわけ男性が多いんだよな。絶対にメリアさん目当てだ。ちくしょうふざけやがって」

やっぱりこのひとはメリアさんに惚（ほ）れている。ここにも一人、何かにとりつかれているひとがいた。そして僕のことをたぶん、ダシに使おうとしている。少しでも評価を上げようという算段だろう。かかわるたびに不安になってくる。メリアさんにばかり気を取られているひとに任せて大丈夫だろうか。

「講習でやる限定水域ダイブって、浅瀬の海でもできるんでしたよね。そっちでも良かったんじゃ？　メリアさんの目にも入りますよ」

「それはそれ、これはこれだ。実際の海でやったほうがもちろん得られるものもあるが、プールダイブは海よりも周りの情報が少ないし、気を取られにくい。だから基礎を学ぶならプールだとおれは思う」

「岸和田さんが頼りになるのかならないのか、わからなくなってきました……」

「分別のある人間はモテるんだ。いまはダイビング講習のインストラクターとして、きみを無事にたくましいダイバーに育てる。それがおれに与えられた役割だ」

「なるほど」

「ところでこれが終わって店に戻ったらさ、岸和田さんは面倒見が良くてかっこいい人だ、みたいなことをメリアさんの前で言ってくれない？　できれば自然に、さりげなく」

「分別はどこに行きましたか」

岸和田さんがにっと笑って歯を見せる。頼りになるかは置いておき、このひとが海のひとなのだということはわかった。

「それはそれ、これはこれだ」

山の中腹あたりにさしかかると、不意にその建物はあらわれた。『色子市民会館：健康推進センター』と、日焼けした看板に出迎えられ、駐車場に乗り込んでいく。

外から見るとシンプルな作りの白い建物で、山に囲まれていることもあるのか、どこか厳粛な雰囲気がある。近づくと窓にワークショップや催し物、教室の貼り紙があって、活気づいているのがわかり、少し安心した。

館内を地下に進むと、更衣室があらわれた。そこで着替え、器材を持って先に進む。体育館ほどの広さのスペースに、プールが目の前に広がり、そこでお年寄りの方々が気ままに泳いでいた。二五メートルプールを横目に、僕と岸和田さんはさらに奥へ向かう。数段が階段を上がったところにさらにスペースがあり、そこにダイビングプールがあった。長方形のプールで、端の数メートルは浅くつくられているが、円に形を変える中心部は、僕がこれまで見てきた一般的なプールよりもずっと深い。

「五メートルほどある。ここでダイビングに使う基礎的な技術を学んでいく。葵くんは何度か潜ってるんだよな？　なら早速やってみよう」

まずはウェットスーツに着替える。それから器材のセッティングをチェックされる。タンクにBCDを装着。それからレギュレーター。持ってきたそれぞれの器材をひとつにまとめていくイメージ。覚えればシンプルなパズルだ。だがひとつでも間違えれば、海中での重大な事故につながる。

「さすがだな、手なれたもんだ」

「店で器材準備の手伝いもしてますからね」

セッティングのたびに聞こえるのはナイアの声だ。それはそこ、これはあっち、と僕をガイドする。タンクの上に設置されているバルブをゆるめ、レギュレーター内にしっかり空気が通っているかを確認する。不足している器材がないかの最終確認。声が聞こえなくなれば完了の合図。

腰にベルト型の重りを巻きつけ、スノーケルとマスクを装着。最後にタンクのついたBCDを背負い、潜る準備が整う。海だろうとプールだろうと関係なく、潜る前はいつも緊張して、少しだけ息が浅くなる。

「緊張感を持つことも大事だが、リラックスも同じくらい重要だ。ひとは呼吸するだけじゃなくて、さまざまなきっかけで酸素を使う。筋肉を少し動かしただけでも消耗する。コツはいかに余分な体力を使わないかだ」

いいことを教えよう、と岸和田さんが続ける。

「ダイビングは競争をしないスポーツだ。優劣も勝敗もない。向き合う相手は海。自分と海の、一対一のスポーツ。おれはそこが魅力だと思ってる。スポーツでもあるし、デートでもある。海という相手に、いかに紳士的にふるまえるか。この重い装備もすべて、ドレスコードだと思えばいい」

「岸和田さんのキャラクターがだんだんわかってきました」

いよいよプールに入っていく。浅いスペースでフィンを履く。それから円形の中心部を目指す。視界に飛び込んでくるのは水深五メートルのプールの底。

不安で体がのけぞり、身を引こうとする。目をつぶり、引き返したいと思う瞬間もある。だけどそれよりも強力な好奇心が背中を押し、前へ前へとかりたてる。

岸和田さんは僕に一つずつミッションを与えていった。その一つひとつが、限定水域ダイブをクリアするためのチェック項目になる。

正しく潜行ができるか。その上で器材を適切に使えるか。水中でバディとのコミュニケーションが取れるか。頭に入れた知識があふれ、混乱することもあったが、なんとか進めていく。経験自体は少ないが、それでもイメージしやすい動作も多かった。明確なイメージができればそれは実現できるということだ。

初めて体験することもあった。緊急時を想定したマスクの着脱や、マスク内に入った水の排出、水中でレギュレーターを外し、咥えなおすといった動作。ミスを想定して練習するという発想は、これまで経験してきたスポーツにはあまりなく、新鮮だった。

講習が終わりにさしかかったとき、予定よりも早いペースで進んでいるからと、岸和田さんは次に習う項目のミッションを僕に与えてきた。

「中性浮力を取ってもらう。水中で、浮きもせず沈みもしない姿勢だ。ダイビング中はこれができないと行動の幅がとても制限される。基礎中の基礎だ。逆にいえばこれが習得できれば、海であらゆることができる」

これが難しかった。体験ダイビングのときも経験したが、上に下に、と調整しようとするたびに振り回される。浮きも沈みもしないということは、水に対して自分の体が、軽くも重くもない状態にしなければならないということだ。BCD内の空気の排出と吸引でバランスを整えようとするが、上手くいかなかった。水中で中性浮力を保った岸和田さんが、そんな僕を愉快そうに眺めていた。ナイアも、ここみんさんも軽々とできていた姿勢。やはりこの中性浮力が、ひとつのボーダーラインなのだ。

「BCDのほうじゃなくて、自分の呼吸量を調整するといい。体内に入っている空気も浮力に影響する。まあこれは次回だな。そろそろ上がろう」

悔しくもどかしい初回となったが、順調なペースだと岸和田さんは褒めてくれた。

器材を運び、更衣室へ戻る。シャワーを浴びながら今日の反省点を振り返る。

着替えている途中で、スマートフォンにメッセージが一件入っているのに気づいた。確認してみるとナイアからだった。短い一文でこうあった。

『中性浮力で悩んでるころでしょ笑』

返信せずにポケットにしまった。

店に戻る帰り道、岸和田さんはナイアたちとの出会いを話してくれた。

「最初にルカと知り合って、おれたちはすぐに仲良くなった。心美ちゃんと三人でよくダイビングしてたよ。あ、心美ちゃんってここみんのことね。ルカがあるとき、ここの海にダイビングショップをつくるって言いだしたんだ。ルカのやつ、ここでバンドウイルカの群れを見たって言うんだよ。信じられるか？」

「群れ、ですか」

「そう。たまに一頭が迷い込んでくるのはおれも見たことあるけど、群れっていうのは聞いたことなかった。おれはその場にいなかったから、まだ信じてないけど。まあでもたぶん、見たんだろうな。その景色に感動して、ここに店を出すことに決めたらしい。おれと心美ちゃんは、その店でインストラクターとして働く約束をしてたんだ。ルカのことはもう色々聞いてる？」

僕はうなずく。店が完成する前に、ハワイのダイビング中の事故で亡くなった。僕の父とも交流があった、ナイアの父親。顔もまだ知らないし、会うこともできないけど、ルカさんのことを語る岸和田さんやここみんさん、ナイアたちの口調から、性格や雰囲気が見えてくるような気がした。ナイアの海好きは、きっとルカさんによる影響だろう。

「亡くなったルカの代わりにナイアとメリアさんがやってきた。最初は気をつかったりもしたけど、いまじゃ家族同然だよ。おれも心美ちゃんもインストラクターとして店を手伝ってる。そうやってサポートもするし、逆にこっちが助けられることもたくさんある」

「いいですね、そういうの」

「ああいう居場所があるっていうのは、大きいよ。ありがたい」

山道をぬけて、海岸線に出る。岸和田さんが窓を開けると、とたんに潮風が車内を満たしていく。

カーブにさしかかり、崖すれすれを走る。隔てるのは錆びたガードレールだけで、少しひやりとする。何台かが過去にぶつかったのか、あちこちで凹んでいる箇所もあった。つきやぶれば真下は海だ。

「あの店から潜るとき、いつも目印にしてる岩があるだろう？　特徴的な形をしてる。ここからだと、ぎりぎりちょっと見えないけど」

「ああ、はい。わかります」

言われて、ネコ岩のことだとすぐに理解した。もしくは大きく口を開けた魚岩か、カニのハサミ岩。いや、やっぱりネコ岩がふさわしい。

「あれ、ルカがつくった岩なんだよ」

「そうなんですか？」

「つくったっていうか、出来上がったっていうか。来るたびにあそこに座ったり、器材をぶつけて岩が削れたりしたから、あの形になっていった」

思わぬところに、ナイアの父親の痕跡が残っていた。ルカさんのつくってくれたあの岩が、いまではダイバーたちにとっての灯台の役割を果たしている。

やがて店が見えてきて、岸和田さんが車の速度を落とす。

「ちなみに岸和田さんはあの岩、何に似てると思います？」

「タンクトップだろ、どう見ても。みんなそう言ってるよ。おれがインストラクターとして潜るときも客にそう教えてる。あれは『タンクトップ岩』だよ」

岸和田さんともわかり合えないことが判明したところで、車が店の駐車場に到着する。車から出ると、ちょうど崖の階段からここみんさんとナイアが上がってくるのが見えた。客らしき男女も後ろからついてくる。向こうもツアーが終わったようだ。

店の横にある小型船のなかに、ここみんさんたちが器材を入れていく。溜めている真水で海水を洗い落とすためだ。こちらの器材もプールの塩素に浸かっていたので、同じように洗う必要がある。

岸和田さんの器材も一緒に運びながら、向こうのグループと合流する。ここみんさんが最初に気づき、手を振ってきた。ナイアも顔を上げてこっちを見てくる。試しに小さく手を振ると、振り返してきた。海に行ったあとはやはり機嫌が良い。

ここみんさんが岸和田さんに近づいていく。

「いやー、ダイコン貸してくれて助かったよ岸さん。あたしって大バカだよね、ダイバーとして絶対に忘れちゃいけないものなのにさ」

「そう卑下するな。心美ちゃんは大バカなんかじゃない。忘れ物くらい誰にでもある」

「あ、ところでさっきからさ、なぜかダイコン動かないんだよね」

「この大バカ！　まさか壊しやがったのか⁉　高いんだぞ！」

ここみんさんが返してきたダイビングコンピュータを見て、岸和田さんが悲鳴を上げる。

どうやら本当に故障したようだ。「うおおおん！」と激しく泣いて落ち込む岸和田さんの肩を、ぽん、とここみんさんが慰めるように叩く。

「だとしても謝れ！　いますぐ丁寧に謝れ！」

「寿命が近かったんだよ、きっと」

「てへ」

「二文字！」

言い争うインストラクターたちのわきを通り過ぎ、船のほうへ向かう。ナイアがまだ器材を洗っているところで、近づくとスペースを空けてくれた。

「おつかれ」僕が言った。

「そっちも。どうだった？」

答えない僕を見て、ナイアがにやにやし始めた。予想が当たって勝ち誇る笑み。視界から外すように顔をそむけるが、しつこく迫ってくる。

「中性浮力？　ねえやっぱり中性浮力？　あそこで手こずってるんでしょ」

「うるさい。いまにみてろ。すぐ同じ深さまで潜って行ってやる」

答えると、今度は違う笑みを浮かべる。その笑顔なら、いつまでも見ていられる気がした。ナイアは短くこう答えた。

「うん、待ってる」

　昼休み、岸和田さんから電話がかかってきた。

「おう。今日の夕方暇だが、プールダイブの二回目、やるか？」

「やります」

「よし。店にまた迎えにいく」

　ちょうど中庭で、マニュアルを広げて予習しているところだった。ナイアは今日はいない。飯川と一緒にどこかで昼食を取ると言っていた。

　限定水域のプールダイブは原則として五ダイブ（五回潜る）まで行われる。前回は三ダイブしたので、上手くやれば今日プールダイブを終わらせ、次回からは海洋実習ダイブに移ることができる。実際の海での講習だ。そしてその海洋実習ダイブで四ダイブをこなせば、望んでいたライセンスが待っている。岸和田さん風に表現するなら、海とデートするための正装を着る権利が手に入る。

　放課後になるのが待ち切れなかった。なるほど、ナイアはいつもこの気持ちを抱いていたのか、といまさら理解した。

チャイムが鳴って、前の席の高坂くんに軽く挨拶をしたあと、カバンをつかみ教室の外を目指す。ナイアの後ろを通り過ぎる瞬間、目が合ったので言った。

「お先」

廊下を出て駆ける。雑談している生徒たちの間を抜けていく。陸にいる時間がもったいない。意識はすでに水のなかだ。

階段を下りている途中で、誰かが横に並んできた。ナイアだった。

「お先」

二段飛ばしで駆け下りていく。追いぬいていくナイアが、ふん、と鼻で笑い、露骨な目つきで煽ってきた。思わずムキになった。そこからなぜか競走が始まった。

一階に下りるまでに横並びに戻す。昇降口まで、カバンをぶつけ合いながら駆けていく。げた箱で靴を取ろうとすると、ナイアに奪われ放り投げられた。久し振りに見た陰湿な部分だった。

昇降口を出て、校門を抜け、住宅街を駆ける。足首はまだ痛まない。坂を下り、一直線の道になると海が見えてくる。

日差しが照りつける。汗が噴き出す。七月の初旬になり、いよいよ暑さを本格的に意識しはじめる季節になっていた。店まで走り続けている途中で、そろそろやめたいと思った。

だけどナイアより先に根を上げるのはプライドが許さなかった。もしかしたらまったく同じことを向こうも思っているかもしれない。だとしたら最悪だ。お互いに引き下がれず、暑さにやられていく。戦争が終わらない理由が少しわかった。

結局、とうとう店まで帰りついてしまった。息が完全に切れ、一歩分の差で自分が勝ったと主張するナイアに、反論する元気もなくなっていた。

店からあらわれたメリアさんが、ぐったりしている僕たちを見て呆れたように溜息をついた。

「なにしてるの、あなたたち」

まったくだ。

ナイアのほうを睨むと、同じタイミングで向こうも僕を見てきた。

「だってナイアが」

「だって葵が」

「僕はプールダイブを受けるから急いだんだ」

「私はいつもこれくらいのペースで帰ってますぅ」

仲裁に入ったのはメリアさん、ではなく、駐車場にやってくる白いバンだった。岸和田さんの車だ。車内からぶんぶんと手を振ってくる。僕にではなく、もちろんメリアさんにだ。それはどうでもいい。早く準備しなければ。

「プールダイブか。見学に行こうかな」ナイアがぼそっと言った。

「おちょくりに、の間違いだろ」

「そんなことないよ。見学だよ。インストラクターを目指すなら、プールダイブの講習の仕方も勉強しておかないと」

「悪いけど」

と、メリアさんがナイアの肩に手を置く。

「今日は手伝ってもらいたいことがあるの。店に残ってね」

「そんな！　おちょくりに行けない！」

「やっぱりおちょくる気だったろ！」

結局、岸和田さんと二人でまた、山奥の市民会館に向かった。車中では日ごろの生活のことを訊かれた。というよりほとんどメリアさんのことだった。「メリアさんはおれのこと何か言ってなかった？　少しでも話題に上がらなかったか？　何て言ってた？　なあ何か一言くらいは話題に出てるだろ？　教えてくれよ」。ぜんぶ無視しているうちに現地に到着した。

地上での雑多なものをすべて置き、とうとう二回目のプールダイブが始まる。器材のセッティングも自分一人で行い、岸和田さんから合格をもらう。重力のある陸では重いタンク類も、水に入ったとたんに負担がほとんど消える。

「今日は水中での器材の脱着を主にやっていこう。それから前回の課題だった中性浮力もクリアできれば、全セクション完了。次からは海洋実習ダイブだ」

岸和田さんの指導通り、順番に項目をこなしていく。マスクを外した水中移動に、ウェイトベルトやＢＣＤの脱着。そして課題の中性浮力。

今回もやはり苦労した。水中で一定の高さをなかなか保っていられない。体が傾き、誰かの気分でそうさせられているみたいに、沈み込んだり、浮き上がったりしてしまう。一度上がろう、と、そばで見守っていた岸和田さんがハンドサインを送ってくる。

そのまま一度休憩を取る。このままいけば今日中に必要なダイブの本数は稼げるが、中性浮力の課題はクリアされない。克服できないかぎりは海洋実習も行けない。やはり習得は必須だ。

打開のきっかけは、休憩の最中のささいな会話から生まれた。

「まったくできてないわけじゃないんだけどな。ただ、まだ中性浮力を取るときに無駄に体力を使ってることが多い。葵は運動神経も体幹も、悪くないんだが」

「ここみんさんと一緒にやった海での体験ダイビングのときは、もう少し上手くやれた気がするんですけど。緊張してるんですかね」

　ああ、と、岸和田さんがそこで手を打った。何かを納得したみたいにうなずき、そして立ち上がって僕の器材に近づいていく。そしてウェイトベルトから重りを一つ外した。眺めていた僕に、それを差し出してくる。

「これでもう一度、潜ってみろ」

　言われたとおりにすると、信じられないことが起きた。あれだけ苦戦していた水中でのホバリングが簡単に成功した。腕や足をじたばたさせて、強引に調整する必要もない。BCD内の空気の排出や吸入も最小限で済んだ。理想とされる、自分の呼吸の量だけで調整する動作もできた。

　プールから上がると、岸和田さんが肩を叩いてきた。

「おめでとう。限定水域ダイブ講習はこれでおしまいだ。意外に簡単だったろ？」

「中性浮力、あんなに苦戦してたのに……重り一つ外しただけで解決するなんて」

「葵はダイビングのデビューが海だったからな。海とプールだと、浮力が違うんだ。体は海のほうが浮きやすい。自分の適切なウェイト量を海で潜ることを基準に調整していたから、プールでは適切な重さで潜れなかったんだ。すぐに気づけなかったおれのミスだ。すまない」

　葵はとっくに、本番の海に向けて調整を整えていたんだ。岸和田さんは最後にそう言った。なんだか少し誇らしかった。

　市民会館を出る頃には夕方になっていた。山道を降りて海岸線に出ると、夕陽(ゆうひ)がちょうど水平線に沈んでいくところだった。少しだけ開いた窓から心地よい潮風が入り込んでくる。おしゃべりな岸和田さんも、景色を味わうように、静かに運転する。

　店に戻ってくると、ナイアとメリアさんが何かを運んでいるのが見えた。車を降り、近づいていくと、僕たちに気づいたメリアさんが作業の手を止める。

「おかえり、葵くんはどうだった？　岸和田さん」

「ばっちりです。センスありますよ。次はいよいよ海です」

「そう、ならお祝いできるわね」

　メリアさんが運んでいたのは数脚のアウトドアチェアだった。かたわらの段ボール箱のなかには、コンロと大量の炭が入っている。もう一つには食材。組み立てられたバーベキューセットが立て掛けられているのを見つけて、ようやく何が始まるのかがわかった。

「前にツアーを体験してくれたお客さんが、お礼にって食材をくれたの。冷蔵庫に入り切らないから、ぱーっとバーベキューしちゃいましょう」

　チェアを運ぼうとするメリアさんに素早く岸和田さんが歩み寄る。

「手伝います！　力仕事はすべておれに任せてメリアさんはくつろいでいてください」

「ありがとう。じゃあ一式を階段下の砂浜にお願いできる？」

「喜んで！」

　僕も手伝いに参加する。岸和田さんはとっとと先に行ってしまった。

　食材の入った段ボール箱を抱え、店のわきにある階段を下りようとすると、ちょうど砂浜のほうから上がってくるナイアとはち合わせた。ぜえぜえと息を切らし、疲労しているのがわかった。砂浜のほうを見下ろすと、すでにかなりの荷物が運び込まれていた。食材はこの段ボール箱一つだけではなかったらしい。

　出会い頭、ナイアがじとっとした目を向けてくる。

「帰ってくるの、遅い。もう半分も私がやった」

「中性浮力を習得するのに少し時間がかかって」

「……ていうことは、クリアできたんだ」

「まあ、一応」

「そっか」

少し間をおいて、ナイアが続ける。

「一応、おめでとう」

「一応、ありがとう」

会話を切り上げ、ナイアが通り過ぎていく。その口元がほころんでいたのを、僕は見逃さなかった。視線を前に戻せば、そこにはどこまでも広がっていく海がある。

ほら働け、と下から駆け上がってくる岸和田さんにせかされる。景色の誘惑を振り払い、バーベキューの準備を進める。

アウトドア用チェアは全部で五脚あった。最後の一脚を埋めるように、それからすぐ、ここみんさんが到着した。サングラスを頭に乗せ、黒のタンクトップにジーンズ、サンダルと、ラフな格好なのに隙がなくクール。

「肉があると聞いてきたよん」

「ちょうどよかった心美ちゃん！」

炭の火を起こそうとしている岸和田さんが、がばっと身を起こす。

「火を起こすのを手伝ってくれっ」

「もちろんいいけど、一人でできたほうがメリアさんは感心すると思うけどな。火を起こせる男っていうのは重宝されるよ。原始時代から続く遺伝子のようなものだよ」

「うおおおそこで休んで肉を焼く準備をしてろ心美ちゃん！」

扱い方がとても上手だった。目が合うと、ここみんさんがウィンクを送ってきたので、苦笑いを返してやった。僕はといえば、岩場に腰掛け、膝をテーブル代わりにしてまな板を使い、食材をカットする役割を仰せつかっている。

飲み物の買いだしからメリアさんとナイアが帰ってくる。メリアさんが岸和田さんに缶ビールを渡すと、岸和田さんはさらに張り切った。あっという間に炭に火がつき、バーベキューがいよいよ本格的に始まる。

肉や野菜、魚介類の焼ける音、みんなの話し声、そこに混ざる波の砕ける音。頬に常に当たる潮風。髪の間をぬって、頭にもぐり込んでくる海岸の砂。どれもこれも、いままでの僕の人生にはないものだった。

「ライセンス講習、順調みたいでよかったわ」

メリアさんが近づいて言ってきた。岸和田さんとここみんさん、ナイアは三人で雑談に興じている。

「おかげさまで。あと、ライセンス代の立て替え、ありがとうございます。すぐにバイト先見つけて返すので。すでに履歴書と、証明写真用の顔写真は撮ってあります」

すぐに講習が始められるようにと、実はメリアさんの厚意で、僕はライセンス代を立て替えてもらっていた。決して安くはない。何もかもお世話になりっぱなしだ。

「そのことだけどね、バイト先を見つけるかわりに、余裕のあるときはうちで手伝ってほしいの。葵くんが来てから本当に助かってる」

「でもライセンス代が……」

「出世払いということにしましょう。葵くんがこのままダイビングにハマって、もしインストラクターになったら、ぜひうちで勤めてちょうだい。将来への先行投資よ」

「正直、ナイアみたいにそこまで目指すイメージはわいてません」

「そういうことにしておいて」

諭すような笑顔で、メリアさんは会話を切り上げた。建前を用意してくれていたのだ。これ以上は何も言い返せず、ただ甘えるだけだった。また返しきれない恩が増えた。

ふと、向こうで岸和田さんがもじもじと、メリアさんに話しかけたそうな雰囲気を出していた。メリアさん本人も気づいたようで、くすくすと笑い始める。そしてわざと、じらすように僕の横を離れようとしない。

「意地悪しないで行ってあげてください」

「そうね」

メリアさんが岸和田さんのもとへ向かっていく。二人が話しているところへ、大量の肉を皿に載せたここみんさんが合流する。空気を読め！　と岸和田さんが無言で睨んでいるのが面白かった。

そういえば、ナイアがいない。

どこに行ったのかと、あたりを見回した、そのときだった。

ぱぁん、と頭上で何かが破裂する音がして、見ると花火が上がっていた。少し離れた波打ち際で、ナイアが打ち上げ花火に点火していた。

間髪いれずにまた打ち上がる。黄色い花が咲く。みんなが空を見ていた。いたずらに成功し、嬉しそうにナイアが笑う。

買ってきた花火のうち、大きなものは早々にナイアがすべて打ち上げていった。残った手持ち花火も次々と消化されていく。僕とメリアさんは静かにしゃがんでその場で花火を眺め、ナイアとここみんさんは走りまわって、何かの模様を空中に描き始める。岸和田さんは一人で何本持てるかという挑戦をして、花火を咥えたところで火傷していた。

手持ち花火を手に、散っていく火花を岩に当てていると、近づいてくる足音があった。新しい花火を手に持ったナイアだった。

「火、ちょうだい」

「ほい」

花火の先をゆっくり差し出す。隣に並んだナイアの持つ花火に火がうつり、やがて火薬がはじけ、夜を彩りだす。

二人で海を眺める。雲がなく、月がよく見えた。海面に反射している光が、道のような形になってまっすぐ陸まで伸びていた。

「夜もダイビングできるのかな」僕が訊いた。

「できるよ。ナイトダイブ。夏場はそういうツアーもやってる。ここの海、透明度も意外に良いから夜も潜れるの」

「へえ、そうなのか」

「見られる魚の種類も違うんだよ。海中の景色もちょっと幻想的で。昼間と違って、また別の気持ち良さがある」

「幻想的なのか。それはいいな。こんな夜に潜ったら最高だろうな」

ナイアがこちらを見る気配があった。顔を向けると、目が合った。ナイアが何か言おうと、口を開きかけた。そのとき、僕の持っている花火が先に消えた。すぐあとを追いかけるように、ナイアの花火も消える。

「いいこと考えた」暗闇から彼女の声が聞こえた。

「……まさか今から潜ろうとか言わないよな」

「さすがにそれは怒られる。でもほかのことならできる。葵、水着に着替えて店の前に集合ね」

「水着？　やっぱり潜る気か？」

「違うよ。いいから言うとおりに。一五分後に店の前だからね」

ナイアが走り、先に階段のほうへ向かっていく。メリアさんたち大人組はチェアに腰掛け、飲み物片手に語り合っていた。

使い終えた花火を海水を溜めたバケツに捨て、なぜか忍び足で見つからないよう、そっと階段を上る。店につき、自室に干しておいた水着を回収して、その場で着替える。

約束の一五分後に水着のまま店を出た。見回すが、ナイアはいなかった。

「ナイア？」

「こっちー」

試しに呼ぶと、店の裏手から返事があった。何か水の流れるような音も聞こえた。まわりこむと、その正体がわかった。

ナイアが店の壁によりかかる小型船の前に立ち、満足そうにそれを見つめる。船体のなかに溜まっているのはお湯だった。湯気が出ていて、手を入れると温かく、しっかり適温になっている。

「まだ体験してなかったでしょ。船体風呂。たまにお湯張ってやるんだよ」

ラッシュガードを脱ぎ、ナイアが水着姿になる。直視するとまた不名誉な罵倒を受けるので、視線を半分空に逃がす。

ナイアが先に風呂に入っていく。またぐようにして、まず足先からゆっくり入れて、やがて全身まで浸かっていった。ならうようにして、僕も船体風呂に入っていく。

横で浸かるナイアの顔が弛緩していく。僕がいることも忘れて、隙だらけの笑みを見せる。でも、確かに気持ち良かった。

そして、そこから見える景色に息を呑んだ。のぼる月と、海面に反射する月明かり、広がる海。船のへりでちょうど地上の部分が隠れて、まるで海のなかに浮いている気分だった。ナイアが僕に体験させたかったのは、これだとわかった。

「どう？　こういうのも幻想的でしょう」

「……ああ、すごい。こんな景色は初めてだ」

足も伸ばすと気持ちいいよ、と、ナイアが船体のへりに自分の足を乗せる。同じようにやろうとして、ぴたりと、あぐらをかいていた足が止まった。

伸ばせば、足首の傷跡を見られてしまう。

そんな理性が働いて、躊躇(ちゅうちょ)した。

ごまかすように話題を変える。

「ナイアはインストラクターのライセンス、いつ取るんだ？」

「年齢的にまだ取れないの。一八歳から。だからそれまではダイブマスターっていう、よりいまよりも技術的に高度なライセンスを取ろうとしてる。ダイブマスターが取れたら、その次がインストラクター」

「将来はこの店で働くの？」

「うん。その予定。お父さんの夢でもあったから」

ナイアの髪の毛先から、滴が落ちる。船体に溜まったお湯に波紋が広がっていくのを、黙って眺める。

僕は彼女の傷を知っている。その傷跡をすでに見てしまっている。それと向き合い、受け入れ、自分の将来まで明確に決め、力強く突き進む彼女を知っている。

気づけばあぐらを解き、隠していたお湯のなかから、僕は自分の足をさらけだしていた。

伸びた足が、ナイアの足と並ぶ。日焼けした彼女の足に比べて、僕の足はまだ白い。海に染まっていない証拠だ。

「陸上部に所属してたとき、左の足首を怪我して、手術した。その跡がまだ足首に残ってるんだ」

ナイアが僕の足首に視線を向けるのがわかった。潮風を浴び、空気に触れた足先から、徐々に乾いていく感覚があった。

「この傷がずっと嫌だった。見るたびに恥ずかしくて、憎くなる。自分が愚かだってことを、つきつけられる気がする。人に見られないようにずっと隠してきた」

数秒の間があって、ナイアが言った。

「見てもいい？」

「え？」

「もっと近くで、見てもいい？」

迷ったが、僕は足を下ろし、隣のナイアが見えやすいように足を曲げてやった。彼女が近づき、身を寄せてくる。足首の傷痕に、ナイアがそっと指で触れる。

「触ってもいい？」

「もう触ってる」

「痛くない？」

「平気だよ。痛くない。ただ、醜いだけ」

ナイアが何かを言った。小さな声で、聞き取れなかった。

もう一度答えるよう促すと、彼女が答えた。

「醜くないよ。恥ずかしいものでもない。これは証拠だよ。葵が頑張ってきた証拠。手を抜かず、一生懸命走ってきた証拠だよ」

愚かなんかじゃない。

憎むものでもない。

ナイアは僕にそう言ってくれた。

ありがとう、と気づけば言葉が漏れていた。何か気の利いた言葉を返そうと思ったけど、ぜんぜん、まったく、これっぽっちも出てこなかった。

「ありがとう」

「うん」

「ありがとう」

「うん」

「ありがとう……」

他の言葉を忘れてしまったみたいに、ただひたすら、ナイアに言い続けた。これ以上しゃべればあふれそうで、僕はうつむいて、ぐっとこらえた。

少しして、メリアさんたちが階段をのぼってくるのが見えた。片づけを始めたようだ。僕たちに気づいたここみんさんは、「ずるーい！　あたしも入るっ」と抗議し、それから水着に着替えに行った。

さっきまでの会話を隠すように、僕とナイアは一緒に笑った。

店が忙しくなる土日は、いつもより一時間早く起きることにしている。誰もいないダイニングの灯りをつけて炊きあがったご飯と焼き魚、味噌汁を手早く用意する。サップ体験の準備であわただしくなるメリアさんの代わりに朝食をつくるのも、最近は僕の仕事のひとつになっていた。

「今日もありがとう。本当に助かるわ」

「いえ」

少し寝坊したのか、めずらしく髪を跳ねさせてメリアさんが下りてきた。あたふたしていて、めずらしい光景だ。ここのところツアー続きで、疲れもあるのかもしれない。夏場が近づくと、ツアーの予約も一段と増える。夏休みを利用して親子でやってくる客が多い印象だ。

　メリアさんが朝食を済ませて着替えに去っていくのと同時、入れ替わりでナイアが目をこすりながら、ぼさぼさの髪で起きてくる。こちらもいつもどおりの光景。パジャマのシャツの下から、わずかに水着の肩紐(かたひも)が見える。効率を重視した結果なのだろうか、たぶん彼女は常に水着だ。

「潜ってくるのか?」

「いや、朝はツアーの準備。ここみんのアシスタントがある」

「いつもの体験ダイビング?」

「今日はちょっと違うんだよ」

　得意げに鼻を鳴らす。

「ライセンスを持った経験者のひとたちが来るから、もう少し沖の深いところまで。楽しみ。葵の海洋実習ダイブは?」

「岸和田さんが忙しくて少し先になりそう」

　カフェの店主として働きつつ、時間の合間をぬってここのインストラクターとしても稼働してくれている。どうしても期間が空きそうな場合は、ここみんさんに引き継ぐかもしれない、とこの前連絡を受けた。忙しくなる夏場に、二人の時間を奪うのが少し申し訳なくなる。

九時頃になると、ダイビングショップ『hale』はさらに準備であわただしくなる。メリアさんは集合した客とともに、サップボードを抱えて早々に海へ。ナイアはダイビング器材の用意。裏手の保管庫からタンクを出し、空気を入れ、それを荷台で運ぶ重労働もある。僕はレジ前のスペースでメールチェックの対応と、予約の応対。インストラクターたちのスケジュールとも合わせて調整するので、これが意外に頭を使う。

パソコンを睨んでいると、店の外の駐車場に黄色のビートル車が停まる。ここみんさんの車だった。自分用の器材が入ったダイビングバッグをかつぎ、ここみんさんが店にやってくる。すでにお腹が減っているのか、片手にコンビニのおにぎりを持っていた。

「おはよー」

「ここみんさん、来週の金曜空いてます？」

「お、なんだ青年、デートの誘いかい？」

「七〇代の女性四人が海のなかでここみんさんとデートしたがっています」

「いいよウェルカム。誰でもあたしは愛しちゃうぜ」

答えたあと、目の前でおにぎりを三口でたいらげる。かと思えば、今度はバッグから菓子パンを取り出す。いつもながら豪食だ。これで体型を維持できるのだからすごい。

「ここみんさんってダイビングのインストラクター以外に何か仕事してるんですか？　岸

和田さんみたいに」

「いや、インストラクター一本だよ。ほかのとこでも業務委託でやってる。だいたい県外のとこだけど」

「そのスケジュールこっちに割いてくださいよ」

「だって他の海も見たいもん」

「そこをなんとか」

「葵の魅力しだいかな。あたしを上手く口説いてみなさい。そうしたら考えてあげる」

「……宿題とさせてください」

「うむ、謙虚でよろしい」

やり取りを終えると、ナイアがここみんさんに気づき、店に入って飛びついてくる。興奮する犬をなだめるように、ここみんさんが抱きつくナイアを撫でまわす。今日はいつもより深いところに潜れると言っていた。ナイアのテンションも通常の二倍増しだ。

目的のツアー客四人はステーションワゴンで一緒に到着した。五、六〇代の男女四人。談笑しながらトランクを開けて、ダイビングバッグを取り出していく。何人かは自分の器材も持ってきているらしい。ナイアが走って客たちのもとへ向かい、お辞儀をする。看板娘と理解したのか、客たちの顔が急にほころび、やさしい笑顔を見せる。会話は聞こえないが、良い雰囲気をつくっているようだった。

「お客さんと打ち解ける早さなら、あたしよりもプロだね、ナイアは」ここみんさんが感心するように笑って言う。

店内で簡単なレクリエーションが行われたあと、客たち四人とここみんさん、それにナイアが連れだって準備を始める。僕は彼らと同じ深さに潜れない。ちらりとよぎる疎外感を振り払い、見送りと留守番に徹する。

ナイアは客たち四人とすでに完全に打ち解けていた。

「あら高校二年生？　私の孫より若いわ」客の一人である女性が言った。

「みなさん何年も潜ってるんですよね、楽しみだなぁです。勉強させてください。あ、もちろん私もちゃんと仕事します。お任せください」

ナイアのたまにおかしな敬語も、客たちはすんなり受け入れる。むしろ好感を持っているようでもあった。

客の男性の一人が答える。

「ぼくたちも久々なんだ、ブランクがあって不安だけど、今日はよろしくね」

「こちらこそ。ここみんと一緒にしっかりサポートします！」

客たちがここみんさんに視線を向ける。ダイビングバッグから、何個目か分からない菓子パンを取り出し口に運んでいるところだった。パンを咥えたまま、ひらひらと手を振ってくる。

「ところでそちらのスタッフさんは、彼氏さん？」

「違います！　ぜんぜん！」

ナイアが手と首をぶんぶんと振る。その様子を客たちが笑う。僕も余計なことは言わず、ただ愛想笑いを返した。

出発するみんなを見送ったあと、店に戻る。背後で扉が開く音がして、振り返るとナイアがいた。

「留守番よろしく。しっかりね」

「うん」

「それじゃあ」

と、ナイアが出ていこうとする。

そうだ、と思いついて、その背中に一言かけた。

「pehea ʻoe?」

ぴたりと立ち止まり、驚いたように薄く口を開けて、ナイアが振り返ってくる。この家での合い言葉。どこか出かけるとき、メリアさんとナイアが必ず交わす会話。今日はメリアさんは早々にサップツアーに行ってしまったので、僕がその代わりだ。

ナイアはうつむき、小さく返してきた。

「……maika'i」

「いってらっしゃい」

「……いってきます」

ナイアが飛び出していき、とうとう店で一人になる。このあともツアーが一つ控えている。岸和田さんがインストラクターとして行うツアーだ。まだ時間があったので、それまでは店内の掃除をしていようと決める。今日も海と寄り添う一日になりそうだった。

ここみんさんが青ざめた顔で店に飛び込んできたのは、それからわずか一時間後のことだった。

「救急車!」

ここみんさんの声が店に響き渡る。息を切らし、青ざめた顔で唇を震わせていた。すぐに冗談ではないとわかった。

「な、なにがあったんですか」

「葵くん電話で呼んで！　早く！」

「何があったかを伝えないと！」

「ダイビング中に一人溺れた。意識がなくて、息はしてるけどまだ目を覚まさない」

「いったい誰が……」

答える前にここみんさんが飛び出していってしまう。スマートフォンを取り出し、救急に電話をかけた。状況と住所を伝えると、すぐに向かうと返ってきた。

店を出てまわりこみ、崖下に向かう階段を下りていく。誰だ。いったい誰が溺れたんだ。そもそも僕は追いかけて大丈夫なのか。救急車を待っていなくていいのか。メリアさんに知らせなくていいのか。

岩場近くの砂浜を見ると、客たちが一か所に集まっているのがわかった。ここみんさんが合流していく。客は四人ともそこにいる。客のうちの男性が一人だけ、岩場に腰掛けてぐったりしている。姿が見えないのは誰だ。誰がいない。まさか――

階段を下り、砂浜を駆ける。

「救急車呼びました！」

叫ぶが誰も振り返らない。

客たちが集まった中心に、あおむけのまま起き上がらない人物が一人いた。取り囲むようにして周りから見えないようにしている。

ウェットスーツを着ていて誰かはわからない。顔も見えない。体の細さから、女性だとだけわかる。やめろ。ありえない。違う。体の力が抜けて、持っていたスマートフォンを落とす。波のくだける音だけが、ただ一定に耳に届く。

ここみんが倒れている彼女のフィンを脱がせる。

日焼けしたその肌が、あらわになる。


救急車がやってくるのと、メリアさんがツアー客を連れて戻ってくるのはほぼ同時のタイミングだった。ここみんさんが事情を伝えても、メリアさんは決して狼狽した様子を見せなかった。ナイアを運ぶ救急車にメリアさんとここみんさんが同乗し、病院に向かっていった。ダイビングのツアー客たちも自力で病院に追いかけていった。メリアさんのツアーに参加していたサップ体験の客たちに解散を伝え、それから午後のツアーのキャンセル連絡と、これから店に到着する予定の岸和田さんに連絡を取った。

やってきた岸和田さんの車に乗って僕が病院にたどりついたのは、救急車が去ってから一時間以上も経ったあとのことだった。

病院の待合室でここみんさんを見つけた。床を見つめてうなだれていた。駆け寄るとそっと顔を上げて、僕たちに事情を説明してくれた。

「いまはまだ検査中。いま、メリアさんが医者から話を聞いてるところ。だけどたぶん、あの様子だと肺の過膨張障害を起こしたと思う。ナイアが浮上するときに、あまり吐いている泡が見えなかった」

「いったい何があったんだ？」岸和田さんが訊いた。

「ツアー客の一人が、マスクが外れたせいでパニックを起こしたんだ。それを止めようとしてナイアが巻き込まれた。ナイアもレギュレーターとマスクが外れて、それで一緒にパニックを起こして……」

ここみんさんは、責任のすべてが自分にあるとでも言うみたいに、きつく唇をかみしめる。握った拳で、自分を痛めつけるためにいまにも壁を殴りだしそうだった。

「ツアー客の方たちは？」

「一度お帰りいただいたわ」

僕の質問に答えたのは、やってきたメリアさんだった。ナイアの検査結果が出たのだろうか。

「溺れかけたお客さんも問題なかったそうよ。さっきそこの廊下でご挨拶を。今日はいったんお帰りいただいて、落ちついたらお詫びのご連絡をさせてもらうことにしたわ」

「ナイアは？　ナイアの検査結果は？」

立ち上がろうとしたここみんさんの肩に、メリアさんがなだめるように手を置く。

「落ち着いて。大丈夫。肺の過膨張障害と減圧症の症状が見られたけど、どちらも軽度よ。数日入院すれば問題ないって。いまは意識も戻って、再圧チャンバーで治療中」

メリアさんが続ける。

「まだボーッとしてる様子だったけど、再圧チャンバーのカプセルのなかで呑気にはしゃいでる」

全員が同時に、ほ、と息を吐いた。再圧チャンバー。確かオープン・ウォーター・ダイバーのマニュアルにも書いてあった。減圧症などの治療に使われる専用の部屋だ。はしゃいでる、というメリアさんの言葉が僕たちを安心させるための方便か、あるいは本当のことかはわからないが、はしゃぐナイアの姿は簡単にイメージできた。

「あたしのせいだ」

ここみんさんが言う。僕たちと比べて、その表情はまだ晴れない。

「あのとき、少しだけ距離が離れてた。もっと目を行き届かせていれば、もう少しだけ気づくのが早ければ、こうはならなかった。インストラクター失格だ。大バカだよ」

「そんなことはない、心美ちゃん。きみのせいなもんか。心美ちゃんがそばにいて素早く対応したからこそ、ナイアは無事で済んだんだ。海では何が起こるかわからない。すべてに対応するのは不可能だよ。だから大バカなんかじゃない」岸和田さんが言った。

「いいや、大バカだよ。もう少し遅れてたら、あたしたちはまた……」

続きを言いかけて、ここみんさんは口をつぐんだ。

メリアさんがここみんさんの横に座り、その手を握る。

「岸和田さんの言うとおり、心美ちゃんのせいじゃないわ。誰のせいでもない。誰が悪いという問題じゃない。海はわたしたちすべてを受け入れてくれる。だからわたしたちも、海から与えられるものは受け入れないと」

ここみんさんがようやく落ち着き、この日はそれで解散となった。

病院を離れられないメリアさんに代わって、僕は入院のために必要な荷物や着替えを集めることになった。ナイアの部屋にも勝手に入った。初めて入る彼女の部屋には、壁一面にダイビング関連のポスターや写真が貼ってあった。イルカと泳ぐダイバーのポスターがあり、それがとてもきれいだった。服がしまわれた箪笥を開けるとき、変態！　とののしるナイアの声が頭に響いた。想像ではなく、早く直接、声を聞きたかった。

ナイアと面会できたのは翌日の夕方だった。昨日からつきっきりだったメリアさんは一度家に帰って休むと言った。普段は決して温厚な笑顔をくずさないメリアさんも、さすがに少し疲れている様子だった。

病室の前で一度、深呼吸をする。会うのは砂浜に倒れて起き上がらない彼女を見て以来。どんな顔をすればいいか、どんな言葉をかけていいか、まだ整理できていない。それでも早く、彼女の顔が見たいという思いが勝った。

ノックしてドアを開ける。ベッドの周りに薄黄色のカーテンがかかっていた。なかに誰かがいる気配を感じる。薄くシルエットも見えた。

「ナイア?」

カーテンのなかのシルエットが、びくんと揺れる。鼻をすするような音がした。泣いているのかと思った。駆け寄りたい衝動と出直したい気持ちが、体を半分に引き裂きそうだった。

「ナイア? 起きてるか?」ともう一度声をかける。そのとき、もご、と口が何かにふさがれているような声がして、様子がおかしいことに気づいた。

近寄り、カーテンを開ける。

そして口いっぱいにパンをほおばったナイアと目が合った。ナイアはまずいところを見つかったみたいに、片手に持っていたあんぱんをシーツの下に隠し始める。いま、自分が世界で一番冷たい目を向けている自信があった。

「……ひとが心配してきたのに、パンの暴食とか」

「ふぁっふぇふぐふぉふぁぁふぇぐんふぁおん」

「食ってからしゃべれ！」

　ごくん、と大きく喉を鳴らしたあと、ナイアが弁解を始める。

「だって病院食すぐおなか減るんだもん！　ここみんながたくさん持ってきてくれたから、なんかほら、残すのも悪いし」

　ベッドの周りにはまだ開けられていない菓子パンがいくつかあるが、すでに空になった袋のほうが多かった。

「それより再圧チャンバーで治療したんだけどね、すごかったよ！　こういうことが起きないと体験できないから貴重だった！　ダイバーなら一度は入っておくべきだよ。ちなみに私が入ったのはカプセルタイプで意外に狭かったんだけど、仲良くなった看護師さんがもっと大きい部屋みたいなやつもあるって教えてくれてね……」

　そのあとも治療トークが止まらなかった。ぺらぺらとすごく楽しそうに語ってきた。昨日の僕たちの沈んでいた空気を少しでも分けてやりたかった。

　そのあと、検診のために看護師さんが入ってきたタイミングで、僕は帰ることにした。

去り際、ナイアのベッドからクロワッサンを一つふんだくった。

「ちょっと！　私のパン！」

「謝罪のかわりにもらっておく」

「なんで謝罪？　謝るどころか私はいたわられる側じゃないの⁉」

抗議するナイアを置いて、僕は溜息とともに病室を出た。


翌日の放課後、メリアさんに頼まれた荷物を渡すために、僕はまた病院を訪れていた。面会の受付のために待合室に向かうと、スペースの端にある椅子に飯川がいた。制服の袖でごしごしと涙をぬぐい、それでもあふれて止まらない様子だった。声をかけると、泣きはらしたその顔が上がる。

「行足くん」

「飯川、どうしたの？」

「ナイアのお見舞いにさっき行って、怪我のこと聞いて調べたら、怖くなって」

今回彼女が負ったのは、特定の深度から急浮上したことによる軽い減圧症と、それから息を止めた状態で浮上してしまったことによる、肺の過膨張。

「ダイビングのことはよく知らないけど、調べたら、ひどい場合は死ぬって……もしかしたらナイアもって考えたら、不安で仕方なくて」

「でも、軽症で済んだじゃないか。いまだって元気だったんだろ？」

「おにぎりを三個食べてた。リハビリだって言って腕立てしてた」

「それは元気すぎる」

いまごろは事故の恐怖などどこかに置いて、早く潜りたいとだだをこねているのではないだろうか。そのフラストレーションを僕にぶつけてきそうで、いまから病室に向かうのが憂鬱だ。

「肺の過膨張ってことは、肺が破裂したんでしょ？」

「破裂っていっても、風船みたいに肺全体が破裂したわけじゃないよ。今回は肺の組織がほんの少し破けたくらいだ」

「海のなかじゃ、私はあの子を守れない。それが悔しい」

「今日は学校休んでたけど、来週にはまた元気に通ってるはずだ。そうなったら、またたくさん守ってあげたらいい」

そうね、と飯川が立ち上がる。彼女なりに気持ちの整理をつけたようだった。凛とした態度と姿勢で、病院の外へ向かって歩いていった。と思っていたら、飯川は急につかつかと戻ってきて言った。

「先週はナイアの『くしゃみをしたあとに鼻をかんでいる瞬間』の写真、ありがとう。今週のノルマも待ってる」

「……あ、はい」

「引き続きよろしく」

「善処します」

強かさも、すっかり元に戻ったようだった。

復活したボディガードと別れ、ナイアの病室を目指す。近づくと、病室のなかから話し声が聞こえた。

ノックしてそっとドアを開けると、看護師さんとナイアが談笑しているところだった。看護師さんが僕に気づき、会話を切り上げて立ち去ろうとする。

「じゃあまたあとでね。ダイビングの件は考えておく」

「本当にいいとこだよ。私が案内するからね、ぜひうちのお店でっ」

看護師さんに営業活動をしていたようだった。すれ違いざまに看護師さんが、いい子ね、と小さな声とウィンクを送ってきた。

ナイアに近づき、声をかける。

「肺に穴が開いてるとは思えないしゃべりっぷりだな」

「葵も一度開けてみれば？　そしたら小言も少し減るかも」

軽いやり取りをして、持ってきた荷物をバッグごと渡す。待ちわびていたように彼女がなかを開ける。

「持ってきてくれてありがとう。そうそう、これが必要だったの」

取り出したのは、彼女は普段から使っているスノーケルだった。なんでこんなものが入っているのだ。

「スノーケルが枕元にないと寝れないいんだよね」

「フィンも持ってこようか」

「ぜひ！」

冗談のつもりで言ったのに、本気の瞳で返事されてしまった。バッグのなかの私物をあさりながら、ふと我に返ったようにナイアが僕を見つめてくる。

「……まさか葵、私の部屋入った？」

「入ってないよ」

「本当に？」

「入らないよ。そんなことするわけないじゃないか。きみに『変態』って叫ばれるのがオチだ。そんな愚行は犯さない。荷物を用意したのはメリアさんだよ。僕は輸送係」

「……輸送ありがとう」

「どういたしまして」

ナイアからバッグをあずかり、ベッド横の荷物置き場にしまう。僕の言葉を半分ほどまだ疑っていたナイアだったが、そのうちスノーケルを枕元にセッティングする作業に熱中しはじめた。作業を終えて満足したあと、彼女が言ってきた。

「喉渇いた。りんごジュース飲みたい」

「買ってくればいいじゃないか」

「病人の私に買ってこいと?」

「元気にしゃべってただろ」

「わかった。じゃああとでお母さんに報告しておくね。肺に穴が開いた私にジュースを買いに行かせて葵はのんびり病室でくつろいでたって。元気にしゃべってって伝えておくね」

「りんごジュースだな任せろ!」

「Mahalo～」

知らないハワイ語とともに手を振りナイアが僕を見送る。入院する前より調子が良さそうに見えるのは気のせいだろうか。

自販機でりんごジュースを購入し、病室に戻る。

ナイアは窓の外を見つめ、ぼーっと浮かない顔をしていた。ドアを開けて入っても、僕にはまだ気づいていない様子だった。直接は見えないが、彼女が向いているその方角の先には、海がある。彼女の小麦色の肌は、やはり病室には似合わない。

声をかけようか悩んでいると、ナイアがようやく僕に気づいた。りんごジュースの紙パックを投げてやる。ナイアがキャッチし、お礼を言いながらストローを刺す。

「二週間も禁止されちゃった、ダイビング。退院自体は今週中にできるみたいだけど、それでもこれだけ海から離れるのなんて、人生で初めて」

「感想は？」

「溺れそう」

ナイアの冗談に思わず笑う。一口飲んで、ストローでジュースをすする音が響く。喉が渇いていたのは本当だったらしく、あっという間に飲みきり、紙パックがべこんと潰れた。

「早く海に戻りたいなぁ」

「海は逃げないだろ」

窓を見ていたナイアが、僕のほうを向く。

「こんな機会でもないとずっと海にいるだろ、きみ。いまだけ陸の生活でもゆっくり満喫しておけばいい」

「誰かにジュースを買いにいってもらうとか？」

返事のかわりに溜息をつくと、ナイアが笑った。このままコキ使われつづけるなら、やっぱり海にいてもらうほうが楽だ。

荷物も無事に渡せたので、そろそろ退散しようと思った。面会時間もちょうど終わりにさしかかっていた。

「帰るの？」

「欲しいジュースがもうないんであれば」

「もう少しいてよ。帰らないで。暇なの」

「……まあいいけど」

「なんか面白い話でもして。最近起こった話でもいいよ。私のいない店はどう？　お母さんと二人で問題ない？　学校はどんな感じ？」

僕は順番に答えてやった。

ゆっくりと、陸での時間が流れていった。

「あとは面白い話ってわけじゃないけど」

「うん、なに？」

「イルカとダイバーが一緒に泳いでるポスターを見かけて、きれいだった」

初めはきょとん、と、意味がわからないという顔をしていたナイアだったが、やがて気づき、顔を真っ赤にし始めた。「部屋入ったな！　嘘つき詐欺師変態！」と、予想通りのリアクションだった。

「やっぱ帰れぇ！」

最後にはしっかり追い出された。

三日後、ナイアが無事に退院した。その週末には学校にも復帰し、かたわらには常にボディガードの飯川がはりついていた。

退院祝いは岸和田さんのカフェで行われた。最初はしおらしかったここみんさんも、終わる頃には元気になっていた。ナイアの事故を冷静に分析し、検証し、今後の対策を考える話し合いも行われた。岸和田さんとここみんさん、二人のプロのインストラクターの会議に、ナイアも堂々と参加していた。

退院したといってもまだ安静にしている期間は続き、ナイアはしばらくダイビングを禁止された。フラストレーションを発散させるように、ナイアはランニングを始めた。

別の日には、事故のときに参加していたダイビングのお客さんが、菓子折を持ってやってきた。僕とメリアさんから離れて、ナイアはお客さんと一対一で話した。彼女がそうしたいと言ったのだ。店の手伝いをしながら、外の駐車場で話す二人が見えていた。どんなことを話してるのか気になったが、二人の笑い声が聞こえてきたところで、詮索するのをやめた。

波が引いていくように、徐々に穏やかな日常へ戻っていくなか、ナイアの海への執着はますます強くなっていった。

「潜りたい潜りたい潜りたい潜りたい……」

ほとんど禁断症状といってよかった。普段の生活や店の手伝いをしている最中も、頭にスノーケル用マスクをつけて過ごしていた。食事の最中も外さず、メリアさんに怒られていた。

「うわー、お魚さんが見えるよー」

幻覚まで見始めていた。店の天井や虚空を見つめて指さし始めたときは、どうしようかと思った。

ナイアにとっての地獄の謹慎期間が過ぎ、とうとう医者から許可を得る日がやってきた。その日は僕の海洋実習の初回と重なっており、問題なければナイアも見学兼リハビリとして参加する予定だった。

僕と岸和田さんは準備を済ませて店で待っていた。予定よりも少し遅れてナイアが帰ってきた。自転車を猛スピードで漕いでくる姿が遠くからでもわかった。笑顔を浮かべているのが見えて、僕と岸和田さんはナイアの器材も用意も始めた。

「やっと潜れる！」帰ってくるなりナイアは叫んだ。

「わかったから、とりあえず水着に着替えてきなよ」

「もう着てるっ」

ナイアはその場で服を脱ぎ始め、あっという間に白の水着だけになる。散らかした服を、呆れながらメリアさんが拾っていく。はしゃぐナイアをたしなめるように、メリアさんは言った。

「もう少し期間を空けたら？　完全に回復したわけじゃないんでしょう」

「お母さん！　お願いだからそんなこと言わないで！　これ以上我慢したら逆に体調が悪くなる！」

やはり止まらない。それでもメリアさんは心配をぬぐいきれないようで、岸和田さんのほうに目を向ける。

「今日は葵の海洋実習ダイブだから、そんなに深いところまでは潜りません。おれもちゃんと見ておくようにします」

「お願いね、岸和田さん」

「任せてください」

メリアさんの本気のトーンに、岸和田さんも真剣に返す。ナイアはというと、すでにウエットスーツに着替え、BCDも身につけ、タンクまで背負い終えるところだった。ナイアに急かされるようにして、僕も岸和田さんも器材を装着する。岸和田さんはいつもよりも入念に器材チェックを行った。お互いの装備を指さし確認していく。ダイビングには、誰かを相棒にして一緒に潜るバディシステムという考えが浸透している。誰かの装備にもし不備があれば、それは相棒の責任にもなる。

店の裏手にまわり、階段を下りて砂浜を目指す。メリアさんが見送りにきていた。階段のわきの土手に姿が隠れるまで、メリアさんはずっとそこに立っていた。心配をよそにナイアは先頭を切って砂浜に下りていく。

エントリーの場所である岩場まで向かい、そこで器材の最終確認と、レクチャーが始まる。ナイアにばかり気をとられていたが、今回はあくまで僕の実習だ。ダイビングのために必要な技術を習得する時間。

「葵は一度体験ダイビングで潜ってるんだったたな。深さはそのときと同じくらいだ。一八メートルより先には潜らない。プールでやったことの反復と、時間があれば、次のセッションもやっていこう」

「はい」

「それじゃあ、まずはエントリーの場所だ。おなじみの、あの『タンクトップ岩』からスタートするぞ。フィンは直前に履いて飛び込む」

「『魚岩』だけどね」ナイアが添えた。

「『ネコ岩』ですけどね」僕も続いた。

やはり三者とも一歩も譲らず、岩場を移動し、到着する。海と陸の境目。岩に腰掛け、フィンを装着していく。

岸和田さんが最初に飛び込んでいく。僕とナイアが同時にフィンの装着を終えた。ナイアが先に飛び込むかと思ったが、その様子を見せないので、僕が行くことにした。足先からゆっくり海に入っていく。体をまとう重力を脱ぎ棄ててていく。フィンを使ってある程度進んだところで、岩場のほうを振り返った。

「あれ？」

ナイアはまだそこにいた。とっくに海に入っていてもいいはずだった。

近くにやってきた岸和田さんと、マスクを外し、目を合わせる。ナイアは海面を見下ろしたまま、動かない。

「どうしたんだ？　忘れものか？」

「…………いや、そうじゃない」

そのときになって、ようやく異変に気づいた。体が固まったように動かなくなり、やがてそばにある岩に腰をおろしてしまった。

僕と岸和田さんがナイアのもとへ近づく。

ナイアの足が、腕が、全身が小刻みに震えていた。彼女にしか見えない寒さに襲われているみたいだった。

自分の体に起こっていることがわからず、ナイアは怯（おび）えたような表情を浮かべている。無理に体を動かそうとするのが見えた。それでもナイアは立ち上がれなかった。海に向かおうとすると、彼女の全身がそれを拒んだ。

「どうして……」

ナイアのか細い声が、岩に打ち付ける波の音にかき消されていった。

結局その日、ナイアは一度も海に入ることができなかった。

第四章

階段を上り店まで戻る。いつも通り、使い終えた器具と脱いだウェットスーツを洗うために、水の溜まった小型船に近づいていく。船体を覗くと、そこにはすでに一人分のダイビング器具が沈められていた。

「おかえり」

メリアさんから店から出てきて、僕と岸和田さんにそれぞれバスタオルを差し出してくれた。

「初回の海洋実習ダイブはどうだった？」

「順調ですよ。葵は飲み込みが早い」

メリアさんがいま一番聞きたいのは、僕の初回の海洋実習ダイブの様子ではない。岸和田さんもそれを理解しつつ、受け応えをしているようだった。ナイアがどうして一人だけ先に戻ってきたのか、本当はそのことについて早く尋ねたいに決まっていた。

「ナイアは部屋にこもっちゃった。話を聞かせてくれないの」

「大丈夫。怪我はしてませんよ」

岸和田さんがまた答え、それからさっきまでの出来事を、丁寧に説明しはじめた。ナイアが急に動かなくなったこと。海を前にして足がすくみ、固まってしまったこと。震えだし、最後には背を向けたこと。自分を置いて、海洋実習ダイブに向かうよう、短く言い残して去っていったこと。ナイアの姿を見て動揺する僕に、いまは実習にしっかり集中するように、と岸和田さんは言ってくれた。午前の実習ダイブは無事に終わったが、午後のダイブは延期をしようということになった。

怪我はしていない、と岸和田さんは言った。本当にそうだろうか。僕の頭をよぎっているのは、あるひとつの単語だった。過去の記憶とともに、それがよみがえる。話をしているメリアさんと岸和田さんに、気づけばこう切り出していた。

「前の高校で、陸上部に友人が一人いたんです。短距離走の専門でした。去年の一年生のときに出場した大会で、そいつ、ちょっとしたミスを犯したんです」

「ミス？」岸和田さんが訊いてくる。

「スタートダッシュで遅れて転倒したんです。怪我自体は大したことなかったけど、そのあとに様子がおかしくなった」

「……どんな風に？」今度はメリアさん。

「スタートを前にすると体が動かなくなるんです。無理やり走ろうとすると、変な風に震え始める。僕も一度、彼の不調を見ました。受診した心療内科でイップスが原因だと診断されたそうです」

僕は続ける。

「ナイアの不調は、あのときの友人とよく似てる」

「ナイアもイップスになったってこと？」

メリアさんが岸和田さんを見る。ダイビングでもそんなことが起こるのか。過去にそういう場面を目にしたり、聞いたりしたことはあるのか。考え込んでいた岸和田さんは小さくうなずいたあと、「知り合いにはいないが、ありえないことではない」と、結論を出した。

「その友人はどうなったんだ？　いまはもう治ったのか？」

「……わかりません。それから僕が怪我をして、部活に参加しなくなったので。彼ともそれきり連絡を取ってなくて」

物理的な怪我は癒えた。身体的に問題はなくても、しかし見えない心の傷の程度は、すぐにはわからない。きっと本人さえも。

わかっていることはひとつ。

いまのナイアは、海を拒んでいる。


翌日。階下の騒がしさで目を覚まし、ダイニングに降りると、ナイアとメリアさんが怒鳴り合いの喧嘩をしていた。ちょうど、日焼けした肌に白い水着を着ている彼女が、ひときわ大きな声を上げるところだった。

「ツアーも今日は午後からしか入ってないし、そのときにはちゃんと手伝うよ！　自由な時間に自由なことして何が悪いの」

「潜るなとは言ってないわ。ただ期間を空けたほうがいいって話してるの」

「もう十分待ったよ！」

怒鳴っているのは主にナイアだったが、それに引っ張られるようにメリアさんの口調も強くなっていた。ふざけ半分で喧嘩をしているのは何度か目にしてきたが、この二人がここまで本気で言い争いをしているのを、初めて見たかもしれない。

「ソロダイビングなんて許可できない」

「だからただのスキンダイビングだってば！　タンクもＢＣＤもつけないし、深いところまでは行かない！　スキンなら前から許してくれてたのに！」

「いま禁止します」

「ずるいよ！」

だん、とナイアが地団駄を踏む。台所近くの窓ガラスが、わずかに衝撃で振動する。メリアさんの体はぴくりとも動かず、外へと続くカーテンの前で立ちはだかる。

海に行きたいと訴えるナイアの姿自体は、めずらしいものでも何でもない。だけどそこにいつもの笑顔はない。子供のようにはしゃぎ、早く早くと誰かを急かすような、あの瞳の輝きはない。ただ焦りにかられ、いま入らなければ永遠に海に潜ることはできないと、誰かに脅迫されているような、そんな余裕のなさを感じる。

メリアさんが電話の子機を取る。

「いま心美ちゃんを呼ぶから。一緒に潜るなら許してあげる」

「要らない。わざわざ付き合わせるなんて申し訳ないよ。私行くからね」

ナイアが答えて、メリアさんのわきをすり抜けようとした瞬間だった。

子機を落とし、メリアさんは彼女の腕をがしりとつかむ。強い力だったのか、ナイアが小さく悲鳴をあげた。メリアさんはそれでも離さなかった。

「だめよ、ナイア」

「離してお母さん」

「だめ」

「本当に大丈夫だから。海も穏やかだし」

「お父さんだってそう言ったのよ！」

メリアさんが叫ぶ。ほとんど悲鳴に近いその声が、ダイニングに響いた。

「あなたまで奪われるかもなんて、考えさせないで」

沈黙が落ちる。

息をすることすら許されない、そんな空気が流れる。

ナイアはうつむき、抵抗をやめていた。メリアさんも、ようやく自分が強すぎる力で腕を握っていることに気づいたのか、ナイアから手を離す。

つかまれた腕をさすりながら、やがてナイアが小さく答えた。

「私は、お父さんが好きだった海を嫌いになりたくないの」

カーテンをくぐり、そのまま去っていく。ふいをつかれたメリアさんは反応が遅れ、置き去りにされる。

階段の途中で立っていた僕のほうに、メリアさんが顔を向ける。最初から気づかれていたらしい。

「お願い。心美ちゃんがくるまで引きとめて」

うなずいて、僕も外に出る。あわてたせいで、店の出入り口のドアに膝をぶつけた。痛みが左の足首へと走っていった。

ナイアはすぐに見つかった。店のわきでウェットスーツを着ようとしているところだった。足元にはすでにフィンが用意されている。僕に気づいて顔を向けるが、すぐにそらされてしまう。

「ここみんさんが来るまで待とう」

「お母さんに怒鳴ってごめんなさい、って伝えておいて」

「ナイア」

手を止めようとしない彼女に近寄り、肩に手を置く。触れた体は熱く、すでに少し汗をかいていた。夏の日差しだけが原因ではないだろう。いまにきっと震えだす。

離してとも、変態とも言わず、ナイアは不気味なほど落ち着いた口調で答えてきた。

「お母さんが心配する気持ちはわかるけど、でも、ちゃんと潜れるところを見せればわかってくれるはず」

「……なら僕もついていく」

ナイアは首を横に振る。

「葵に何かあったときに対処できる自信がない。それに、いまは一人で潜りたい気分」

言葉で突き放され、僕はナイアが準備を進めるのをただ黙って見つめることしかできなかった。たとえついていっても、ナイアにとってお荷物になってしまう。いまの僕は、海のなかでナイアの横に並ぶ資格も技術もない。

「あら、フラれちゃったね青年」

声がしたほうを振り返る。

ナイアも顔を向けて、そこに立っているここみんさんを見る。

「葵が力不足なら、賢くて可愛くてクールなお姉さんはどう？」

背負ったダイビングバッグを下ろし、それからサングラスを外す。到着がとても早かった。連絡を受けたとき、たまたま近くにいたのかもしれない。

でも、と返そうとしたナイアの頭を、がしがしと、無理やりここみんさんが撫でる。それきりナイアは反論しなくなった。二人が準備を進めている間、一度店に戻った。メリアさんに、ここみんさんが来たことを伝えた。

再び外に出ると、ウェットスーツに着替え、フィンを抱えた二人は階段を下り始めていた。走って追いつく。見学だ、と言うとナイアは同伴を許してくれた。

僕たちの事情など意に介さず、海はいつもと同じ表情を浮かべる。陽光を反射し続ける海面。小さく波のくだける音。頰に当たり、通り過ぎていく潮風。運ばれてきた小さな砂粒が、髪のなかに紛れ込んでくる。

階段を下りて、いつもの岩場に向かっていく。目印のネコ岩へ近づくと、またナイアの足取りが、少しずつ重くなっていくのがわかった。振り返ったナイアと目が合う。僕に見られていることに気づいた彼女が、力を振り絞るように、ペースを戻す。

「先に入るよ」

言いながら、陸の地続きにあるみたいに、簡単にここみんさんが海に飛び込んでいく。ぷかぷかと浮かびながら、フィンとスノーケル、マスクを器用に装着してく。

ナイアは岩に腰掛け、陸でフィンを履き始める。震える手のせいで履くのに時間がかかっていた。僕もここみんさんも、それに気づかないフリをする。

「いつでもおいで」ここみんさんが言った。

フィンに続いてマスクとスノーケルを装着しながら、ナイアが大きく深呼吸する。眼前にある海ではなく、遠くの水平線を眺めていた。

吸った息を止めて、次の瞬間、ナイアが飛び込む。上がった海水のしぶきが潮風に乗り、僕の頰に当たった。

岩場の先端に近づき、ナイアの飛び込んだ場所を見る。彼女はちょうど浮き上がってくるところだった。両手を動かし、姿勢を調整する。

「大丈夫？」ハンドジェスチャーとともにここみんさんが訊く。

「うん、平気！」ナイアが大きな声で答える。

　異変が起きたのはそのすぐあとだった。

　フィンを使ってここみんさんが進みだす。ナイアがそのあとについていくかに思えた瞬間、彼女が急にもがきはじめた。

　酸素を求めるようにナイアが顔を空に向ける。マスクもスノーケルもすべて外し、大きく口を開けて吸おうとする。海水が入り込んできて、大きくせき込んだ。ナイア、と気づけば彼女の名前を叫んでいた。ここみんさんが気づき、引き返してくる。

　素早く服を脱ぎ、僕も飛び込んだ。溺れるナイアのもとに、先にここみんさんがたどり着き、体を浮かせるように傾けていく。すがるようにナイアがここみんさんをつかむ。泳いでナイアのもとにたどりつくと、このまま砂浜まで運んでいくよ、とここみんさんに目で合図を受けた。うなずき、彼女を仰向けに浮かせたまま、泳ぎ進めていく。

　砂浜に到着し、ナイアを引き上げる。彼女の履いていたフィンは脱げて、気づけばどこかに消えていた。

　起き上がろうとするナイアに、ここみんさんが寝ているよう指示する。ナイアの呼吸はひどく荒いままだった。近くで散歩していた何人かが、遠巻きに僕たちを見つめていた。

「大丈夫、ここはもう砂浜だよ。だから大丈夫」

子供を寝かしつけるみたいに、ここみんさんがやさしく、ナイアの肩を一定のリズムで叩き始める。そのうちナイアの呼吸が落ちついていった。

「水着、履いてたんだね」

僕の様子にいま気づいたように、ここみんさんが言った。

「はい。一応、何かあったときのために」

「さっき店に戻ったとき着替えてたのか。やるね。助かったよ、葵」

脱いだ服は置きっぱなしになっている。あとで回収に行かないといけない。

何気なく、波打ち際のほうに視線を移すと、何かが打ち上げられているのを見つけた。

ナイアの使っていたフィンの片方だった。

見つめているうち、フィンは波に呑まれて姿を消した。


ナイアが部屋にこもって二日が経った。学校も連続で休み続けている。昼間は彼女のいない教室の席を眺め、そして夜は、食卓の空席と向かい合うことになった。メリアさんが一度様子を見に行くと、「風邪を引いた」と返してきたらしい。その風邪が数日そこらで治らないことも、下手をすれば一か月以上続くことも、僕は知っている。

ナイアが引きこもって三日目の夜、トイレから部屋に戻ろうとしたとき、階下から物音がした。覗(のぞ)くと、リビングのほうからわずかに灯りがもれていた。彼女かと思い、そっと下りていく。

「あら」

「……どうも」

食卓にいたのはメリアさんだった。いつものようにテレビに熱中しているわけでもなく、ただ椅子に腰掛け、流れていく時間と二人きりで過ごしていたようだった。

「眠れなくて。葵くんは？」

「僕も、そんなところです」

「ナイアがいると思ったんでしょ」

「ご想像にお任せします」

ふふ、と見透かすようにメリアさんが笑う。冷蔵庫に用事があるフリをして、勝手に開ける。たまたま目についた牛乳を見て話題をそらすことにした。

「ホットミルクでもつくりましょうか？」

「いいわね。ありがとう」

牛乳のパックを取り出し、二人分のマグカップにそそいでいく。それから一工夫加えたあと、電子レンジで温める。待っている間、メリアさんのほうをちらりと見ると、手元に一枚の写真があることに気づいた。

「その写真は？」

「ハワイに住んでた頃。ナイアとお父さんと、家族三人で撮ったもの」

振り返らずにメリアさんが答えてくる。ピクニックシートを広げ、座っているメリアさんとルカさんの間に、寝転ぶナイアがいる。面白い話をしたあとだったのか、口を大きく開けて笑っていた。丘の上らしく、背後にはちらりと海が見える。

ルカさんの顔を初めて見た。ナイアと同じように焼けた肌と、茶色がかった黒髪、穏やかな笑みが印象的だった。

「やさしそうなひとですね」

「とんでもない。いつもひとを振り回してばかりだった」

楽しそうにメリアさんが語る。

「撮ろうとしても、いつもふざけた顔をするの。この写真は唯一、あのひとがちゃんと家族の顔をして撮らせてくれた一枚」

　写真の端が折れ曲がり、メリアさんがそれを何度も眺めてきたことがわかる。どういうときにその写真を見返すのかはわからない。けど、思い出を写した写真に人が求めるものは、それほど多くはない。

　温め終えたホットミルク入りのマグカップを差し出す。二人分のマグカップからそれぞれ湯気が立つ。メリアさんが一口飲み、僕も続く。

「美味しい……これ、牛乳だけの甘さじゃないような」

「ハチミツを少し入れてます」

「へえ」

　と、メリアさんは感心したように溜息をつく。

「もっと飲みたくなっちゃう」

「飲みすぎないほうがいいです。なんとなく寝起きが悪くなるんです」

「詳しいのね」

「眠れないときが僕にもよくあったので」

　ホットミルクの温かさとハチミツの味が、記憶を運んでくる。怪我をきっかけに部活に行かなくなり、やがて学校にすら通わなくなった二か月間。一人部屋で時間を貪り、一日経つごとに体が重くなっていったあの日々。あり余る体力を爆発させる場所も機会も失って、ただ生きるために無駄に消費していく感覚。昼ごろに何となく起きて、毒にも薬にもならないネットニュースを眺め、どこかの井戸端会議を覗くようなワイドショーを観て、世の中が自分を置いてどんどん先に走り去っていく気持ちになり、そうしてまた眠れない夜がくる。そこにしか空気が存在しないみたいに、部屋に引きこもる。

目的も居場所も生きがいも、何もかも失った自分の姿と。

いまのナイアが、痛いほど重なる。

あの暗闇のなかに彼女がいる。

「また、潜れるようになりますかね」僕はつぶやいた。

「どうだろう。あの子の心の問題であることは確か」

「僕たちにできることは？」

「わからない」

ホットミルクを一口飲んだあと、メリアさんは続けた。

「乱暴な言い方をするとね、私はナイアがこのまま海に入れなくてもいいとすら思う。母親失格と言われても、最低な人間と言われても、なんでもいい。だって海に入らなければ、少なくともこれ以上、溺れることはないでしょ。無事でいられる。あの子に無茶はしないでほしい。大げさかもしれないけど、生きていてほしい」

写真に写るルカさんと目が合う。もうこの世にはいないひとの笑顔。本来ならここにいるはずだったひと。ナイアとメリアさんとともに、ここで暮らしていたはずのひと。

あふれた本音を隠すように、メリアさんが別の話をしはじめた。

「私も取ろうと思ったことあったのよ、ダイビングのライセンス」

「そうなんですか？」

「あのひとに誘われて、無理やり付き合わされて。結局飽きて、途中でやめちゃったけど。ナイアが生まれてからは、あのひとのダイビング熱がナイアにそそがれるようになったから、私としては助かったわね。それで結局、海のなかより、海の上を選んだ」

確かにメリアさんがツアーの担当をしているのは、サップやウィンドサーフィンと、海の上のアクティビティばかりだ。

「あのひとを奪った海の近くで暮らすなら、これくらいの距離感のほうが、私にはいいみたい」

以前、メリアさんに教えられながら一緒にサップ体験をしたときのことを思い出す。このひとが海中に向けていた視線。顔。表情。それらがいまになって、鮮明によみがえる。決して穏やかで、明るい感情ばかりではなかった。

メリアさんが立ち上がり、空になったマグカップをシンクに置く。

「ホットミルクありがとう。おかげで眠くなってきた。葵くんはどうする？」

「もう少しここに」

「そう、じゃあ先にあがらせてもらうわね。おやすみ」

「おやすみなさい」

階段を上がる直前、メリアさん、と僕は声をかけた。

振り返ったところでこう尋ねた。

「メリアさんは海が好きですか？　嫌いですか？」

薄く口を開けて驚いたような表情を見せたあと、それからメリアさんはいつものやさしい笑みを浮かべて、答えた。

「ご想像にお任せします」


ナイアが引きこもるのと入れ替わるように、日差しが本格的に強くなり、気温も上がっていった。本格的な夏の到来だった。七月も下旬頃。あと一週間ほどで、学校は夏休みに入る。

最近の昼休みは、ほとんどを中庭のベンチで過ごしている。木陰にいれば先週まではまだぎりぎり暑さをしのげたが、今週はそうはいかなそうだった。今日が最後になるかもしれない。

　昼食のサンドイッチを済ませている間、陽が移動して、木陰の位置がずれていく。合わせるようにベンチの端まで移動しようとしたとき、目の前に影がさした。見上げると、飯川だった。

「ナイアが学校にこない」

「うん、知ってる」

「風邪じゃないのね」

「部屋から出られないという点では、風邪と一緒だ」

「何があったのか教えて。電話じゃ教えてくれない」

　黙っていればそのうちナイアの部屋に直接乗り込んでいきそうな雰囲気だった。そしてちゃっかり、飯川は僕の横に座り、木陰のポジションを奪っていた。

　僕はナイアの身に起こったことを話した。木陰に入った飯川の表情は見えなかったが、一言一句漏らさず、彼女の状態を聞き取ろうとしている気配があった。すべて話し終えたあと、飯川が訊いてきた。

「いまは元気なの？」

「姿はあまり見てない」

「どうして見ないの？　本当にまったく部屋から出てこないの？」

「いや、廊下を歩く音とか、トイレに入る気配とかは感じるけど」

「トイレの前でどうして見張って立っていないの」

「うん、僕がそれをやったらきみどう思う？　ナイアが出てくるのを待って、『やあ、トイレが終わるまでここできみが出てくるのをじっと待ってた。調子はどう？　元気？』って声をかける僕のことを、きみだったらどうする？」

「叩きのめすと思う」

すごい表現だ。殺すと言われるより怖いのはなぜだろう。

「叩きのめされるのは僕は嫌だ。だからナイアの最近の細かな様子は知らない」

ここみんさんと岸和田さんに、あれから相談したこともあった。ツアーの仕事でやってきた二人に、どうするべきかを訊いてみたが、見守っていたほうがいい、と同じ答えが返ってくるだけだった。

このままでいいとは思わない。

だけど明確な手段も方法も、僕にはまだ思いつけないでいる。

「悔しい」

ぽつりと漏らした飯川の声が、まるで自分の心を代弁しているようで、思わず彼女のほうを向いた。飯川は拳を握り、身を震わせていた。

「海のことで、私はナイアに何もしてあげられない」

「……僕もだ」

「いいえ、行足くんは違う」

目元をぬぐい、飯川は僕を見てくる。

「ナイアと同じ景色を見てるでしょ。行足くんなら、それができるでしょ。もし否定するなら、しようとしていないだけでしょ」

「飯川……」

木陰がさらに移動する。飯川の表情が陽にさらされる。眼を真っ赤にして、それでも決して、そらそうとしない。力強い声で訴えてくる。

「私はナイアが好き。どういう意味の言葉かは勝手に解釈してくれてかまわない。とにかく好き。一番好き。あの子に手を差し伸べてあげられない自分が、もどかしくて仕方がない。その役目を負えない自分が憎くてたまらない。だけどそんなくだらないプライドより、やっぱり私はナイアが大切だから。あの子の笑っている顔が見られるなら、なんだってできるから。だから言う。行足くん、お願い」

それは彼女から受けてきたどんな指令よりも、重く、切実なものだった。

「ナイアを、助けてあげて」

放課後。帰宅して、店の手伝いをするために一度着替えようと部屋に向かっていたときだった。階段を上がったところで、ナイアの部屋の扉がわずかに開いているのが見えた。部屋のなかから、わずかに潮の匂いが運ばれてくる。窓を開けているのかもしれない。風に揺らされ、ぎい、ぎい、とドアがわずかに揺れる。間から覗(のぞ)くには、スペースが少し足りない。ノックして反応を待つことにした。

「ナイア?」

返事はない。

もう一度、ノックする。

「いるのか?」

やはり返事はない。

意を決してドアを開ける。なかにナイアはいなかった。開けられた窓から入り込む潮風が、カーテンを揺らしている。窓の先には海がある。

階段を下りると、夕飯の買いだしに出かけようとしているメリアさんと出くわした。ナイアがいないことを告げると、承知しているようにうなずいてきた。

「海のほうへ降りていったわ」

「まさかまた……」

「水着は着てなかった。たぶん、散歩だと思う。気になるなら探してきてもいいわよ」

「でも店番が」

「今日はもう、お客さん来ないから。鍵は持っていってね」

言われたとおりに鍵を持って、店を出た。壁によりかかる小型船を横目に、裏手へまわっていく。崖にそなえつけられた階段を下り、まっすぐ砂浜を目指す。下りながら海岸のほうに目をこらしてみたが、ナイアらしき姿は見つからない。

砂浜をまっすぐ進んで、ナイアを探した。散歩しているなら、どこかで座っているのを見つけるか、折り返してきたところで合流できると予想していた。

犬の散歩をしている小学生たちとすれ違った。レジャーシートを広げて、海の向こうを眺めるカップルたちがいた。ウィンドサーフィンを終えて海から上がってくるサーファーが前を横切った。釣りをしている親子がいて、釣り糸にからまった海藻を取ろうと奮闘していた。夕暮れ時のこの時間に海にいるのが好きになっていた。

水平線の向こうの夕陽は雲に隠れていたが、切れ間から漏れる陽の筋でさえ、思わず見惚れるほどだった。

魚が跳ねた、とはしゃぐ子供の声で我に返り、砂浜に視線を戻す。まだナイアの姿は見つからない。そろそろ端につきあたろうとしていた。海岸線のほうも探してみるがいない。仕方なく向きを変え、引き返すことにした。

戻りながら、ここにきた初日の記憶がよぎった。こうして一人で砂浜を歩いていた。広がる海原に圧倒され、少しの間だけ、これから始まる生活の不安が消えたのを覚えている。いまでは段々と、この街に体が馴染んできている気がする。砂浜をどれくらいの速さで歩けば疲れないか、いまの僕にはわかっている。

端の岩場まで戻ってきたところで、彼女と出会ったあの場所のことを思い出した。秘密の海岸。タンクを背負い、ＢＣＤを装着し、頭にマスクをつけ、海から上がってきたウェットスーツ姿の女の子。

岩場をぬけていくと、例の岩の壁に近づく。通り抜けるための唯一の隙間を見つける。体を横に向けて、そっと抜けていく。

砂浜に座り込むナイアを見つけて、ほっと息をついた。短パンに白のパーカー。履いているサンダルは投げ出され、周囲に転がっている。

ナイアもすぐに僕に気づいて見上げてきた。手を振る代わりに、軽く言葉を投げる。

「……よう」

「よう」

同じ言葉で返してきたあと、再び海の向こうに視線を戻していく。雲を抜けて、夕陽が完全に姿をあらわすところだった。ひときわ眩しくなって、思わず目を細める。見るとナイアもそうしていた。

転がっているサンダルを拾い、そろえてやる。空いた隣のスペースに腰を下ろす。

「よくわかったね、ここにいるって」

「別に。探してたわけじゃない。なんとなくここに来たかっただけだ」

「そうなんだ」

「そうだよ」

なぜ意味のない嘘をつくのか、自分でもわからなかった。拒まれるのが怖かったのかもしれない。スキンダイビングを試すナイアについていこうとしたとき、同伴を拒否されたあの光景が、まだちらつく。

波の砕ける音を五回聞いたあと、そっと尋ねた。

「久しぶりに外に出た気分は？」

「……実は久しぶりじゃない」

「そうなのか」

「葵が学校に行ってる間、何度かここにきて、海に入れるか試してた」

知らなかった。

なるべく驚かないように、淡々とした口調で「結果は？」と訊いた。ナイアは首を横に振るだけだった。

「足がすくんで震えだす。急に動かなくなる。あれだけ好きだったはずの海なのに、いまは一歩も近づけない。こうして砂浜から眺めているのが、精一杯」

自嘲的な笑みを浮かべて、彼女は続ける。

「近づこうとするだけ立派だ」

「嘘。そんなことない。滑稽だって思ってる」

「思ってないよ。というか滑稽なんて言葉、よく知ってるな」

「部屋で自主勉強してる。国語と漢字はやっぱり難しい」

「今度漢字テストでもつくろうか？」

ぽす、と肩を殴ってくる。いつものような勢いはなく、彼女のリアクションはそれだけだった。

僕は続けて訊いた。

「学校にこない理由は？」

「海から離れるのが、嫌だから。これ以上離れたら、もう一生、近寄れなくなるんじゃないかって。そうなるのが……怖い」

　まだ、海を好きでいたいと願っている。

　離れたくないと、諦めないでいる。

　一緒なんかじゃなかった。すぐに逃げてしまった僕とは、大違いだ。

　同じ暗闇のなかにいても、ナイアはまだ必死に、浮上しようともがいてる。でもその意思を支え続けるのは、きっと簡単なことじゃない。

「お父さんは私にナイアっていう名前をくれた。海で跳ねるイルカみたいに元気で過ごせるようにって……だからいつも、笑顔でいないといけないのに。明るく泳ぎまわっていたいのに……いまの私は、それができない」

　膝を抱え、ナイアは顔をうずめる。

　僕はかける言葉を探そうとする。打開する方法を、必死に見つけようとする。どうすればいい。何をすればいい。どんな言葉なら、彼女は前を向ける。

　考えているうちに、僕たちの前で夕陽が沈んだ。

ベッドの上に置いたスマートフォンを睨みつけ、決心して手に取るまでにおよそ一時間かかった。チャットメッセージの一覧からアカウントを探し、『河瀬晴樹』の名前を見つける。前の学校で一番親しくしていた友人。同じ陸上部で、短距離走の選手だった彼。

僕が転校し、この町へ来る前にも電話やメッセージで連絡を取ろうとしてくれていた。僕はずっとそれを無視していた。河瀬のことが嫌いなわけでは決してなく、彼と過ごしたあの陸上部での思い出や、学校の記憶を呼び起こすのが、たまらなく辛かった。ふさがりかけた自分の傷をほじくって、血肉が出るまで掘り下げて、じっと観察するのと同じ行為だ。僕は自分を傷めつけたくなかった。

だけど自分が傷つくかもしれないことより、近くにいる彼女が苦しみから逃れられないことのほうが、いまではずっと恐ろしかった。だからこうしてスマートフォンを手に取って、彼と連絡を取る。

メッセージを送ろうか電話をかけようか迷っているうち、間違って電話のボタンに触れ、かけはじめてしまう。あわてて切ってメッセージアプリを閉じる。気持ちを立て直すために一度スマートフォンを離そうとしたそのとき、彼から電話の折り返しがかかってきた。

驚くとひとは本当に飛びあがることを知った。

電話に出て、そっと声をかける。

「……えっと、もしもし」

「葵、久しぶり」

「うん。久し振り」

電話の奥で物音がした。階段を上がる音だとわかった。自分の部屋に向かっているのだろう。

「ごめん、夜遅くかけて」

「いいよ。俺も話したかった」

「最近どうしてた？」

「こっちの台詞(せりふ)だよ。急にお前、いなくなったじゃん」

笑いながら言ってくる。それで少し、緊張が和らぐ。

もっと責められるかと思った。怒鳴り、批難し、罵られるかと思った。突然消えた僕に対しても、河瀬はこれまで通り接してくれた。だがこれから僕が河瀬に尋ねようとしていることを知れば、その態度も変わるかもしれない。

「連絡返せなくてごめん」

「いいんだよ、いまはどこに？」

「そこから隣の県にある、色子市ってところ。海沿いの町だよ」

「へえ。想像してたよりも遠くじゃなかったな」

僕は近況を明かした。父の知り合いが運営しているダイビングショップで居候していること。店の手伝いをして家賃と食費、その他の費用をまかなってもらっていること。そして最近、ダイビングを始めたこと。河瀬は案の定、僕がダイビングをしている話に食いついた。僕が海のなかで観た景色を語った。そうしているうち、ナイアみたいに熱が入りだしている自分に気づいた。

「ダイビングか。すごいじゃん」

「いまはライセンスを取るために、周りの人たちに教えてもらってるところ」

「……そうか。新しく、見つけたんだな」

「うん。見つけたと思う」

彼が何を言っているのかはわかったし、僕もそのつもりで答えた。少しの沈黙が落ちる。

お互いの頭をよぎっているのは、僕が部活動中に、取り返しのつかない怪我を負ったあの日。そこから続いていった日々。だけどあの期間は、河瀬もまた、自分自身の問題と闘っていた時期だ。僕が彼と話をしようと思ったのは、それを聞くためだった。

「実は同居人がイップスにかかったみたいなんだ。河瀬も以前、経験があっただろう？」

「スタートの瞬間に足が動かなくなる。いまもたまに起こるよ。けど、前より怖くはなくなったし、ずっと数も減った」

「……もし嫌じゃなければ、その話を聞かせてほしいんだ。きみはどうやってそれを克服した？」

「ひとによって正解は色々あるらしい。これをすれば間違いなく治まるっていう、特効薬みたいな方法は多分ない。だから話すのはあくまで一例だ。俺の場合は顧問に付き添ってもらったよ」

「菊池(きくち)先生？」

「そう、あのひと。部活が始まる前や終わった後に残って、スタートをひたすら練習しなおした。緊張したり不安になったり、そういうのを考えるのが馬鹿らしくなるくらい、へとへとになるまでやらされた。けっこう強引な方法だよな。でも、誰かがサポートしてくれるのは、やっぱり心強かったよ」

大きなヒントになりそうな話だった。道筋が、少しずつ見えてきたような気がした。

何より、イップスは克服できる。それがわかっただけでも大きな前進だ。

ふふっ、と電話の奥で河瀬が含み笑いをし始める。待っていると、こんな言葉が返ってきた。

「葵はその女の子が大切なんだな」

「……世話にもなってるから」

「好きなのか」

「もう切るぞ」

ごまかすと、河瀬がさらに笑った。つられて僕も笑う。彼とこうして、もう一度話し、笑い合える日がくるなんて思っていなかった。きっかけはあまり歓迎できるものではなかったけど、こうして電話ができてよかった。

「あのさ、河瀬」

「うん」

「突然いなくなったりして、ごめん。連絡も一度も返せなくて」

「いいよ、もうそれは」

不安だったものが一つ減って、昨日よりも、ほんの少し世界がやさしく見える。

「ありがとう河瀬。話せてよかった」

「俺も。今度そっちに遊びいくよ」

待ってる、と最後に返して、電話を切る。その頃にはもう、僕のなかではやるべきことが決まっていた。

僕は再び、電話をかけはじめた。

水のなかで息をする。

潮の流れで体が揺れる。やはりプールでの実習よりも環境が違う。ひとによってはこれで酔ってしまうこともあるらしい。崩れかけた体勢を立て直すため、ＢＣＤ内で排気と吸気を繰り返す。自分の呼吸も合わせて調整し、やがて沈みもせず、上がりもしない姿勢が完成する。中性浮力。

海は今日も表情を変える。前に潜ったときとは、また違った景色が広がる。今日は少し濁っていて、透明度はあまり高くない。それでも岩場の間に、新しく棲みついた魚を見つけた。

ゆっくりと浮上していく。声を出しながら息を吐き、海面へ向かっていく。吐いた空気が泡となり、自分のほんの少し先を行く。

海面に顔を出すと、岸和田さんが僕を待っていた。

岸和田さんは力強くうなずいた。

ほっと安堵し、僕もうなずく。

ナイアが引きこもって二週間が過ぎようとしていた。だけどもうこれ以上は長引かせない。できれば今日で終わらせる。そのための準備もした。

土曜日の一〇時過ぎ、僕はナイアの部屋のドアをノックした。最近の彼女ならこの時間には確実に起きている。

返事はなかった。もう一度ノックしても同じだった。布のすれるような音がするので、部屋にいるのはわかっていた。

「入るぞ」

ドアを開ける。勝手に入るな、と抗議の声を上げることもなく、ナイアはベッドで寝転がったままだった。僕が近づくとシーツを引き上げ、体全体を隠してしまう。

「ナイア、話がある。聞いてほしい」

彼女は起きない。

「僕の話を聞いてくれ」

起きない。

「見せたいものがあるんだ」

これも無視。

仕方ないので、秘密兵器を使うことにした。持ってきたビニール袋を開けて、干物を取り出し、ナイアの枕元に置いてやった。

一秒後には飛び起きて叫んだ。

「ふぎゃあああなんのつもりだぁぁぁ！」

「やっと起きたか」

「最初から起きてたよ！　出ていけって背中で語ったでしょ！　それがなぜ干物！」

「初日の仕返しがようやくできた」

「用件がそれだけだったらただじゃおかない！」

干物を投げ返してくる。キャッチし、ビニール袋のなかに戻す。もちろんこれが用件なんかではない。

「いま傷心中なんだってば。ほっといて」

「いや、悪いがほうっておかない。僕のダイビングに付き合ってもらう」

「はえ？　何言って――」

ポケットのなかから出したそれを、ナイアの顔に前につきつけて、彼女を黙らせる。あっけにとられて、ぽかんと口を開けていた。ナイアの意識が、視線が、僕の持つそれに注がれる。引きつけるという意味では、干物よりも効果絶大だった。やはり最初からこっちを出しておけばよかった。

そこにあるのが本物か確かめるように、ナイアは僕の手からそれを抜き取る。

「これって……」

「ライセンスカードだ。まだ仮の紙切れだけど」

ライセンスの指導団体のロゴが入った紙製のカード。本来であれば顔写真入りのプラスチック製のカードが正式だが、それはまだ岸和田さんに申請してもらっている最中だ。

「いつの間に、取ったの？」

「つい昨日。かけ足だったけど、やっと取れた」

オープン・ウォーター・ダイバーのライセンス。

彼女の横に並ぶための資格。

僕にずっと必要だったもの。

「これできみと同じ深さまで潜れる。いつか話しただろ。同じところまで潜ろうって。それを今日果たそう」

「今日って……いまから？」

「できない理由でも？」

「で、できないって！」

「どうして？」

「だって私はいま……体が……」

「できるよ」

「どうしてそんなこと言えるの」

「できる」

「だから、どうして……」

目が合う。

白みがかった彼女の、青い瞳。水のなかで多くのものを見ることができる目。ナイアだけが持っている特別な目。

「ナイアならできる。海はきみを拒まない」

陸はきみには似合わない。きみが一番笑顔になれる場所を、僕は知っている。それはベッドの上なんかじゃない。どこよりも自由になれる場所がある。あの世界を僕に最初に教えてくれたのは、ナイアだった。

ここにやってきて、僕がどれだけ救われたと思う？

誰かが家にいる温かさが、どれだけ嬉しかったと思う？

きみがダイビングに誘ってくれて、どれだけわくわくしたと思う？

返しきれない恩がたくさんあるんだ。

きみが僕を助けだしてくれたように。

今度は僕が、きみに手を差しのべる番だから。

「ダイビングで僕が最初に習ったのは、バディシステムっていう言葉だった。あれ、なんかいいよな。助け合うことを忘れない。自分の命を預ける相手がいて、その相手からも命を預かる。広い海でも、一人じゃないってわかる」

だから一緒に行こう。

同じ深さまで、潜りに行こう。

「……葵」

「うん」

うつむくナイアから、声が漏れる。シーツにしずくが落ちる。ぬぐうたび、落ちていく。

僕は目をそらさない。

「行けるかな。また、潜れるかな……」

「潜れる」

僕は答える。

「きみが望めば、いつだって」

ナイアに手を差し出す。

そして伝えようと思っていた言葉を頭のなかで反復し、咳払いをはさんで、言った。

「Makemake au e luʻuike kai me ʻoe（一緒に海に潜りたい）」

ナイアは泣くのを止めて、さっと顔を上げて僕を見た。よかった。正しく発音は伝わったようだった。

「……それ、ハワイ語」

「さっきメリアさんに教えてもらったんだ。文字にもしてもらって、丁寧にレクチャーを受けた。筋がいいって褒められたよ」

「お母さんが……」

「それはともかく、そろそろ腕が痺れてきた」

ナイアはまたうつむいた。

それから数秒経って、応えた。

「器材は？」

「用意してある」

「ウェットスーツも？」

「ぜんぶ。ちゃんとそろえてある」

ぱし、と伸びた手が僕の手をつかんだ。力を貸して、ベッドから引きずり出す。ナイアがその場で伸びをして、体をほぐす。それから窓の外を見る。広がる空は今日も快晴だった。太陽の光を反射する、遠くの海面が見えた。

「出ていって」

「な、おい。行くんじゃ……」

「だから、着替えるの。水着」

「あ、そっか。ごめん」

指摘されて、あわてて部屋を出ようとする。

ナイアは取り戻した笑顔を向けて、いつものように言ってきた。

「早く出てけ、変態」

ナイアが着替えて降りてくるのを待つ間、店のパソコンで天候を再確認した。気温三一度。水温二七度。風の向きは北北東。風速二・八メートル。波の高さ〇・八メートル。申し分のない海で、ダイビング日和だった。

見慣れた白の水着に着替えたナイアが降りてくる。合流し、一緒に店を出る。外に用意してある器材を一緒にチェックしていく。ＢＣＤにタンクを取り付け、空気が出ているかも確認。お互いの器材に問題がないか、交換してチェック。準備が終わり、次はウェットスーツを着ていく。その前にナイアがあるものを取り出し、渡してきた。

「よかったら使って」

「これ……」

ダイビングウォッチだった。深度と水圧を測ることができる時計。

「私が前に使ってたやつ。型が少し古いけど、ちゃんと使えるし頑丈だよ」

「いいのか？」

「葵がオープン・ウォーターのライセンス取れたら、渡そうと思ってたから」

バンドを外し、腕につける。岩かどこかにぶつけたのか、確かにところどころ、塗装の剝げたところがある。それでも確かな重みが、安心感を与えてくれる。

「ありがとう」

「ただのお古だから」

ぷい、と顔をそむけて、ナイアは自分の準備を進めていく。身につけたダイビングウォッチをもう一度眺めてから、僕も着替えていく。

ウェイトベルトを腰に巻き、スノーケルとマスクを頭につける。タンク付きのＢＣＤは砂浜に下りてから装着する。

最後にフィンをかかえ、ＢＣＤをかつぎ、歩き始める。裏手にまわろうとしたとき、店のドアが開いて、メリアさんが出てきた。ナイアが振り返り、メリアさんと顔を合わせる。

「行ってくるのね」

「お母さん……」

ナイアの顔に少しだけ緊張が走っているのが見えた。止められると思っているのかもしれない。

この前の夜、食卓でメリアさんと語ったときのことを思い出す。よぎるのは、海に入らなくてもいい、と本音を語ってくれた姿。自分の娘なのだから、身を案じて当然だ。必死に引きとめようとしてきたっておかしくない。持っている器材を奪ってきたって不思議ではない。

だけどメリアさんはもう、彼女にかける言葉を決めていた。

「pehea ʻoe?」

それは家族の合い言葉。

送りだす前に交わす挨拶。

「maika'i」

ナイアが返事をすると、メリアさんがやさしくほほ笑んだ。同じミスや事故が起きてもおかしくない。不安になっていて当然なのに、それを隠して送りだすことに決めたのだろう。ハワイ語を教えてほしいと僕が朝、訪ねてきたときにはもう、その覚悟を決めたのかもしれない。

「いってらっしゃい」

「いってきます」

「葵くんも」

「はい、いってきます」

ナイアが先に歩きだし、階段を降り始める。僕もそれに続く。砂浜を目指している途中で一度だけ振り返ると、メリアさんはまだ僕たちを見守ってくれていた。目が合うと、うなずいてきた。同じように返した。

砂浜に下りて、すぐ近くの岩場を目指す。岩場の前でＢＣＤを装着し、ずしりとタンクの重さが加わる。

フィンを抱えて岩場の先端に向かう。僕たちが陸地を手放しに、海に飛び込むのは、あのいつもの場所からだ。

「今日も『ネコ岩』からでいいよな」

「うん、『魚岩』ね」

「いい加減決着をつけないか」

「譲ってくれるなんてありがとう」

　軽口をはさみながら、ナイアの緊張をほぐしていく。いまのところは順調な足取りだった。時々体がぐらつくのは、背負っているタンクのせいだろう。

「妥協点を探ろう。『大きな口を開けた魚を呑み込んだネコ岩』でどうだ？」

「いやそれだと結局ネコじゃん」

「ならどんなのがいいんだ」

「これはどう？　『ネコを呑み込むほど大きな口を開けた魚岩』とか」

「それだと結局魚だろ」

「もうやめよう。私たちはわかり合えない」

「そうだな。あの岩の名称は多分、これから先も誰ともかぶることはないと思う」

　岩場の先端にたどりついた、そのときだった。

　ナイアが立ち止まり、持っていたフィンを落とす。拾おうとかがむが、動きがどこかぎこちない。呼吸のリズム少し早い。始まった。

フィンを代わりに拾おうとするが、大丈夫、とナイアが僕を制止する。乗り越えようとしている。自分で。いまは見守るしかない。

しゃがみこみ、ナイアはその場でフィンを履き始める。いつでも彼女が岩場から飛んでもいいよう、僕もついていく準備をする。

フィンもはめて、マスクをつけ、あとは一歩踏み出すだけだった。横のナイアを見ると、数十センチ下に広がる海面を見つめたきり、動かなくなっている。前に進みかけた足が震え、そのたびに引っ込んでいく。

「やっぱりだめ」

「……ナイア」

「できない！　やっぱりまだ早かった……」

ナイアは僕のほうを見る余裕すら失っている。部屋から連れ出すことはできた。問題はここからだった。いまにもくじけそうなナイアを、どうやって支える？

「手をつないで一緒に入ろう。僕の合図で飛ぶんだ」

「だめ。体が、動かないの」

ナイアが一歩、後ずさりする。フィンをはめているせいか、あるいは震える体のせいか、バランスを崩して尻もちをついてしまう。

ナイアを起こそうと、手を差し伸べかけた瞬間。

僕よりも早く、彼女に差し出す手があらわれた。

僕とナイアは同時に顔を向ける。

「寂しくて震えてるのかい？　なら安心しな。お姉さんたちがやってきたぜ」

「……ここみん」

すがりつくような声と一緒に、ナイアはここみんさんの手を取り、起き上がる。彼女の後ろには岸和田さんもついていた。目が合うと、静かにうなずいてきた。

二人ともウェットスーツに身を包み、ダイビングのための準備を済ませていた。メリアさんが連絡を取ってくれていたのだ。そして、駆けつけてくれた。

「この四人、皆で潜るのは初めてだよな？」岸和田さんがリラックスした口調で言った。

「終わったらメリアさんが御馳走(ごちそう)を用意してくれてるって。ああ、もうお腹(なか)減ってきた。とりあえず、ちゃちゃっと海底を楽しんじゃおう」ここみんさんが続く。

見ると、ナイアの震えが止まっていた。二人の言葉に笑う余裕すら戻っていた。このままいける。怖いものは、もうない。この海で一番頼れる二人がいまはいる。

「じゃ、お先に」

岸和田さんがまず海へ飛び込む。しぶきや海面の泡が完全に消えないうちに、「待ってるよ」と言って、ここみんさんも飛び込む。

次は僕たちの番だった。

陸にあるもの、すべて置いて。

「行こう」

ナイアが手を差し出してきたので、そっと握る。

合図もなしに僕は飛び込んだ。ナイアはしっかりついてきた。ばしゃん、と体が海面にぶつかる音とともに、衝撃で手が離れ、全身が海に包まれる。

浮上して顔をつきだす。同じタイミングでナイアも顔を出すところだった。

震えはなかった。硬直もしていなかった。ナイア自身が、一番不思議そうに自分の体を見回していた。

まだ終わらない。ここからが本番だ。

僕たちのダイビングが始まる。

フィンを使って沖へ漕(こ)ぎ出(だ)していく。岸和田さんとここみんさんが前を行き、僕たちを先導する。二人がフィンで立てた泡が前から流れてくる。咥(くわ)えたスノーケルが空を向くよう、顔は海底を向く。進むたびに深さが増していく。誰ひとりひるむことなく、速度を緩めない。ナイアもついてきている。顔は見えないが、調子が出てきたのか、僕よりも少し前を泳ぎ始めていた。

目印の赤いブイを越えると、深さがさらに増す地形にさしかかる。斜面を眺めながら、その先にある海底を視界にとらえていく。

海洋実習ダイブで行っていた地点から、さらに沖へ進む。ここから先は四人のなかで僕だけが、未知の世界へ踏み込むことになる。知らない海と、知らない深さが待っている。ナイアの心配もしなければならないとわかっているのに、それと同じくらいの強さで、好奇心が抑えられない。

オープン・ウォーター・ダイバーのライセンスで潜れる深度は一八メートルまで。体の下にある海底はどれくらいだろう。一六メートルほどはありそうだ。僕の限界に近い深さで、前を泳ぐ岸和田さんとここみんさんがちょうど止まってくれた。海は終始穏やかで、波に体が揺らされることもほとんどなかった。

ナイアたち三人が持つライセンスでなら、もっと深いところまで潜れる。この状況であれば、正直、僕が足を引っ張ってしまっていることになる。前なら一言、ここで謝っていたかもしれない。だけど最近は、ダイビングのことが少しわかってきた。同じ海でも、同じ深さでも、一ダイブごとに見える景色は変わる。だから四人でこれから見る景色も、今日、このダイブだけでしか味わえないものだ。

それを皆知っている。

だからやめられない。

また何度だって、ここに来たくなるんだ。

そして今日も――

「潜る前に、いつもの合い言葉やっとこうか」ここみんさんが言った。岸和田さんもナイアも、そして僕も、すぐに察してうなずいた。

僕たちはそろって、お互いを見合わせながら答える。

「kokua」

ハワイ語で、助け合う。ダイビングの精神にも通じる言葉。人間が普段は生きられない海中へ、これから挑む者たちにとっての道しるべ。

四人同時にレギュレーターを咥え、ＢＣＤの排気ボタンを押し、空気を抜く。体がゆっくり沈んでいく。

耳に窮屈な感覚を覚えれば、すぐに耳抜き。自分のコントロール下で体が沈んでいることを確認する。

一定の深さを越えると、海水の冷たさが増す。さらに沈む。視界の横を魚の群れが横切る。僕たちもひと固まりとなって、海底を目指す。頭や耳の奥に窮屈な感覚がやってくれば、二度目の耳抜き。

聞こえるのは誰かが吐きだす泡の音。そして自分の呼吸音。ああ、またこの世界にやってきた。最近は実習に集中していて、この自由を味わう余裕がそれほどなかった。タンクの空気という制限時間がなければ、僕は永遠にここにいるかもしれない。

浸っているせいで、ここみんさんが出していたハンドサインに気づくのに少し遅れた。大丈夫？　と、皆に確認を取っているところだった。オーケーサインで返す。合図を受けて、さらに深く潜っていく。

いよいよ海底が迫る。警戒心の強い魚が、砂のなかに潜っていくところが見えた。三回目の耳抜き。頭をしめつける重さが取れて、海全体が、自分を受け入れてくれた気持ちになる。

海底に手や体をつけてはならない。環境を壊すことになるから。そのための中性浮力でもある。BCD内の空気の調整、そして自分の呼吸の量で姿勢を保つ。浮きもせず、沈みもしない。

マスク越しにナイアと目が合う。異変はなかった。怯（おび）えている様子も、いっさいなかった。いつしか手を伸ばせば触れられる距離まで、近づいていた。

ナイアが斜め下を指さす。見ると、岩場からオレンジ色の魚が二匹飛び出してくるところだった。そのまま僕たちの前を横切っていく。魚に見とれているうち、気づけばナイアがレギュレーターを外していた。

何かトラブルか、と焦りかけたが、ナイアは平然としたままだった。浮かべた笑みの、その口の端から空気が漏れて泡となり、のぼっていく。

続いてナイアはマスクも外してしまう。彼女の表情がさらに鮮明になる。潮の流れに合わせて、彼女のショートカットの黒髪が揺れる。太陽の光と潮水を日々浴びて、ところどころが茶色に変色している髪。彼女が何より、海を愛している証拠。

「(大丈夫?)」

念のためにハンドサインで様子を尋ねる。すぐに返事がくる。

「(大丈夫。気持ち良い)」

少し離れたところにいた岸和田さんとここみんさんも、ナイアの様子を見て安心したように向きを変え、自由に泳ぎ始めた。

白みがかった青色の瞳と目が合う。広大の海のなかでも、彼女の瞳と同じ色の何かを見つけるのはきっと難しい。じっと見つめていると、近づきすぎてお互いのフィンが当たり、姿勢を崩す。再び顔を合わせて、一緒に笑った。

彼女にならうように、僕もレギュレーターを口から外す。マスクも取って、顔を海にさらしてみる。ぼやけた視界のなかで、彼女が手を伸ばしてくるのがわかった。その手をつかみ、握り合った。僕たちの頭上を魚が通り過ぎていった。

いや、魚ではない。

もっと大きなものだった。

ナイアが泳いでいったそれに、釘（くぎ）づけになっていた。同じ方向を向くが、僕の水中視力では、ぼやけた黒い塊にしか見えない。いったいあれは何だ。もしかしてサメか何かか？あわててゴーグルをつける。息も限界になり、レギュレーターを咥（くわ）えなおす。鼻から息をだし、水抜きをしたあと、明瞭になった視界で再度、黒い塊がただよっているほうを向く。

そして、それを見つけた。

大きな尾びれを使って、海中を進み、僕たちの周りを旋回する影。

イルカだった。

きゅう、と甲高い声がかすかに聞こえてくる。岸和田さんも、ここみんさんも、その一頭のイルカに意識を奪われていた。

『このあたりには時々、バンドウイルカがあらわれるんですよ』

そうだ。

そんな噂(うわさ)を聞いていた。

まさか本当に、出会えるなんて。

レギュレーターを咥え、ナイアがイルカに近づこうとする。察知したイルカが数メートル分離れる。ナイアが体を海面のほうに向けて、その場でぐるりと回る。信じられないことに、イルカが同じような動きをした。夢でも見ているようだった。ただあっけにとられ、僕たちは動けない。

奇跡はさらに続いた。

黒い影が海中の先から、さらに別のイルカが二頭近づいてくるのが見えた。先にいたイルカよりも大きく、親かもしれないと思った。このイルカたちは家族でここにやってきたのだ。

いつの間にか近づいていたここみんさんが、僕の肩をつつく。指をさした方向を見た瞬間、とうとう、まばたきを忘れた。

『ルカのやつ、ここの海で泳ぐバンドウイルカの群れを見たって言うんだよ。信じられるか？』

数えきれないイルカの群れが、泳いでいた。

僕たちの周りを通り過ぎ、離れていく。あちこちから鳴き声が聞こえる。あっけにとられたように、ナイアもとうとう動けなくなる。

群れの通過はしばらく続いた。何頭かが岩場に隠れた魚にいたずらをするように、追いかけまわすのが見えた。

今日だけの景色。きっと二度と訪れない光景。

また一つ、新しい世界を知った。

見惚(みと)れているうちに、とうとうイルカの群れはいなくなり、僕たちは再び四人きりになった。

「信じられない！　あんなの初めて」

岩場に上がるなり、ここみんさんが叫んだ。

「ルカさんの言ってたこと、本当だったんだ。群れで見たことあるってアレ、絶対嘘(うそ)だと思ってた！」

「ああ、なんでこういう日に限ってカメラを忘れるんだおれは。メリアさんにも見せてあげたかった……」

悔しがるように頭を抱え、岸和田さんが悶える。

二人はしばらく興奮して感想を伝え合っていた。ナイアは会話に加わらず、ずっと海のほうを眺めて立っていた。

近づくと、手で目元をぬぐっているのが見えた。以前、ナイアとメリアさんに料理をふるまってもらったとき、同じように泣いてからかわれたことを思い出した。仕返しをするならいまだった。

そっと隣に立ち、耳打ちしてやる。

「あれナイア、泣いてる？」

「……泣いてない」

「いや、泣いてるよな」

「泣いてないってば」

「泣いてるよね？　イルカを見た感動か、また潜れた嬉しさからかわからないけど、泣いてるよね？　ねえここみんさん、岸和田さん、泣いてるよね？」

「風情を壊すな！」

ぽかぽか、とナイアがうつむきながら肩を殴ってくる。パンチを何度も受けながらも、その様子が可笑しく、思わず笑う。ここみんさんも、岸和田さんも、一緒に笑った。
ナイアが顔を上げる。
気づけば彼女も笑顔になっている。
あふれる涙はそのままに、僕たちに言ってきた。

「私やっぱり、海が大好き」

エピローグ

何を血迷ったか、気づけば僕は父に電話をかけていた。別に出ても出なくてもどっちでもよかった。そしてこういうときに限って、父は電話に出る。

「よう、葵。どうした？」

「別に。特に急ぎの用事じゃないんだけど」

「そうか。ところでそっちの生活はどうだ？」

「ぼちぼちだよ」

「ダイビングのライセンス取ったんだってな。おめでとう」

「なんで知ってるんだよ」

どこかで見られているような気がして、思わず部屋を見回した。当然いるはずはない。父は海の向こう、はるか先にある大陸にいる。それでも海の向こうから見られている気がして、なんとなくカーテンを閉じる。

「連絡は定期的にもらってるからな。お前の近況はなんとなく知ってる。馴染(なじ)んでるようでよかった」

「連絡って、メリアさんから？　どれくらいのペースで」

「だいたい週一」

　めちゃくちゃ高頻度だった。

　もはや見られているのと同じだった。

「それで、お前の用事って？」父が訊(き)いてくる。自分から電話をかけておいて、いまさらのように躊躇(ちゅうちょ)しはじめる。やっぱりかけなければよかった。

「いや、忙しければ切ってもらっていいんだけど」

「大丈夫だよ。仕事は落ち着いてる。で、用事って？」

「なんでこういうときに限ってしつこいんだよ。いつも放置するくせに」

「放置じゃない、放任だ。行足(ゆきあし)家の教育方針だ」

　電話で本当によかった。あやうく僕の暴力沙汰によって行足家が家庭崩壊するところだった。この感覚も久々だ。

「ほら、取ろうぜ親子のコミュニケーション。それとも何だ？　遅れた反抗期か？」

　とっとと切り出さないと、いつまでもこのだるいやり取りが続きそうだった。諦めて、僕は訊ねることにした。

「あのさ。僕の名前の由来って、なに？」

「名前？　葵の？」

　以前メリアさんに聞かれたとき、僕は適当にその理由を答えた。面倒くさがりの父のことだ、どうせ男でも女でも両方通じる名前を、事前に用意しておいたのだろうと。本当の理由をいつか聞くべきだと言ってくれたのを、最近になってまた思い出した。そして自分の名前の由来と、こめられた意味を大切に抱えていたナイアを見てきて、今日、電話をかけたのだった。

「男でも女でも両方通じるから良いと思って」

「答えてくれてありがとう忙しいと思うからもう切るよ」

　息継ぎなしで答えて、そのまま本当に切ろうとした。待て待て、とスピーカーから父の声が返ってくる。

「半分は本気だが、半分は冗談だ。お前の名前を考えたのは母さんだよ」

「……母さんが？」

「あいつは花が好きだったんだ。葵っていう花は太陽のほうを向くんだよ。いつまでも太陽のほうを向いて豊かに育ってほしいとか、そういうことを言ってた」

思わず、カーテンの隙間から差し込む陽光を眺める。

「ちゃんと由来、あったんだ」

「太陽のほうを向いて育つ花がほかにもいくつかあって、向日葵(ひまわり)か葵に絞られた。で、おれが葵を選んだ」

「男でも女でも通じるから」

「そういうこと」

母の姿も、顔も、声も、僕はよく知らない。物ごころがつくころには亡くなっている存在で、写真で見たことがあるだけだった。覚えていないだけで、もしかしたら父さんは僕に語って聞かせてくれていたかもしれない。またゆっくり時間があるときに、母さんの話を聞きたかった。

それから父はいまとりかかっている仕事の話を始めた。僕はたまにあいづちを打ちながらその話を聞いてやった。電話の最後に、僕はこう伝えた。

「あんたは確かに最低な親だけど、別に嫌いじゃない。父さんが嫌いだからという理由で、アメリカについていかなかったわけじゃない。一応それだけ言っておく」

「……すまん。電波が悪くてよく聞こえなかった。もう一度言ってくれるか？　おれのことがなんだって？」

「電波が悪いから切るぞ」

そのまま電話を切ってやった。かけ直してくることはなかった。スマートフォンを置くと、ちょうど階下から僕を呼ぶメリアさんの声がした。

「葵くん、ちょっと手伝ってほしいことが」

「いま行きます」

ダイビングショップ『hale』の一日が、今日も始まる。


店の裏手から階段を下りていく。砂浜について、岩場を横目に見ながらさらに海岸の端を目指す。岩肌がそびえる崖の間の、わずかな隙間をくぐり抜けると、地元住民にもあまり知られていない、秘密の小さな海岸がある。そこには、食事や睡眠より海に行くことが大好きで、小麦色の肌をした一人のダイバーがいる。

「やっぱりここにいたか」

「げっ、葵」

飛び上がり、ナイアはバツが悪そうに顔をそらす。まさにこれからフィンを抱えて、まさに海へ入ろうとしていたところだった。

「また隠れてソロダイビングしてると、メリアさんに怒られるぞ」

「だってせっかく体調が元に戻ったし、夏休みにもなったし、陸にいる一秒すらもったいないっていうか……」

「調子乗りすぎだ」

溜息（ためいき）をつく。咎（とが）められて反省するかと思いきや、ナイアはにやにやと笑みを浮かべていた。僕の格好に気づいたらしかった。

「そういう葵は、止めにきたわけじゃなさそうだね」

「見張りにきたんだ」

「一緒に潜りたいって、素直に言えばいいのに」

「だから見張りだってば」

持ってきた器材をおろす。階段を下りていくナイアをさっき見つけてから、あわてて用意したので、まだタンクもＢＣＤもウェイトベルトも身につけていなかった。

僕の準備をナイアが見守る。背中越しでも、彼女がどんな顔をしているか想像がついた。そろそろ認めるしかない。僕もとっくに、海にとりつかれている。

ひとつ。

何かたったひとつだけ。

それがあれば大丈夫という、ひとつがあればいい。

その何かは物かもしれないし、あるいは誰かかもしれない。形のない思い出かもしれないし、趣味かもしれないし、仕事かもしれない。途中で形が変わってもいい。何かほかのものになってもいい。とにかくひとつ、これがあれば大丈夫というものを見つける。たったそれだけで、ひとは晴れた日の下で生きていける。

準備を終えて立ち上がる。

ナイアと並んで海を目指す。

そのとき、横で彼女が、ぼそりと言った。

「葵」

「うん？」

「……Aloha」

「え？」

聞き返すが、ぷい、とナイアは顔をそむけてしまう。耳元がなぜか赤い。目を合わせようとしてこない。

「なんでいきなり『アロハ』？　挨拶の言葉だよな？」

「なんでもない」

「もしかして違うのか？　ほかの意味があるのか？　そういえばメリアさんが色んな意味があるって言ってたな。なあ、なんて言ったんだ？」

「なんでもないってば」

「教えろよ。気になるだろ」

「ほら行くよ！」

フィンを抱えて、ナイアが先に海へ走り出していく。

砂を蹴って、僕もそのあとを追いかける。

今日も海へ行こう。

まだ見ぬ景色を、きみと一緒に。

あとがき

魚介系の料理のなかではネギトロが好きなのですけど、野菜のネギは名前の由来には関係ないという説があるのを最近知りました。ネギトロをつくるにあたって、マグロの骨の周辺についた身を削り取る行程があり、それを「ねぎ取る」と呼んだことから、ネギトロが生まれたという話があるそうです。さらにこの「ねぎ取る」というのは、元々は住宅建築の際に地面を削って掘る「根切り」という建築用語から派生したらしいです。私はネギトロ丼を食べるときにネギが苦手なのでいつもどけていて、これじゃネギ無しネギトロ丼だなぁ、と思いながら箸を進めていましたが、これからは罪悪感を抱くことなく食べることができそうです。言葉って面白いですね。

言葉といえば、本書の執筆中はハワイ語の奥深さを学ぶ日々でした。ハワイ語は全部で一二文字のアルファベットの組み合わせで生み出される言語なので、単語の種類やバリエーションが日本語と比べて少ない分、一つの単語に複数の意味がこめられているものがいくつもありました。一つの単語に込められている意味が多くなるほど、言葉の重みも増していきます。おそらく、ハワイの地元住民たちは、一つひとつの言葉を大切に扱われているのだろうと思います。見習わなければならない精神です。

ちなみに、学生時代に一度ハワイに行ったことがありました。現地で最初に使ったハワイ語は「Mahalo（マハロ）」で、ありがとう、と感謝を伝える意味の言葉でした。スーパーマーケットのレジで店員さんに挨拶しました。伝わったときの嬉しさは今でも忘れません。

本書を書き上げるにあたっても、たくさんの感謝を伝えなければなりません。担当編集の岩田様。企画段階からタイトル決めまで、多くの部分でお世話になりました。美麗で躍動感のあるイラストでキャラクターに命を吹き込んでくださいました、紅林（くればやし）のえ様。デザイナー様に、適切な助言を数多くいただきました校正様。ありがとうございました。

それから、いつでも帰る場所を用意してくれている両親。海より広い心で私の失敗を笑って許してくれるパートナーにも感謝を。いつもありがとう。

最後に、本書をお買い上げくださった読者の皆様。体験ダイビングならライセンスなしで潜ることができるので、未経験でもしご興味があればぜひ挑戦してみてください。楽しいですよ。

それではまた、どこかで。

半田（はんだ）　畔（ほとり）

読者アンケート実施中!!

ご回答いただいた方の中から抽選で毎月10名様に
「Amazonギフトコード1000円券」をプレゼント!!

URLもしくは二次元コードへアクセスし
パスワードを入力してご回答ください。

https://kdq.jp/sneaker

[パスワード：hbmmp]

●注意事項
※当選者の発表は賞品の発送をもって代えさせていただきます。
※アンケートにご回答いただける期間は、対象商品の初版（第1刷）発行日より1年間です。
※アンケートプレゼントは、都合により予告なく中止または内容が変更されることがあります。
※一部対応していない機種があります。
※本アンケートに関連して発生する通信費はお客様のご負担になります。

スニーカー文庫の最新情報はコチラ!

新刊 / コミカライズ / アニメ化 / キャンペーン

公式Twitter

[@kadokawasneaker]

[@kadokawasneaker]

友達登録で
特製LINEスタンプ風
画像をプレゼント!

南国カノジョとひとつ屋根のした

著　半田　畔

角川スニーカー文庫　23569

2023年3月1日　初版発行

発行者　山下直久

発　行　株式会社KADOKAWA
〒102-8177 東京都千代田区富士見2-13-3
電話　0570-002-301（ナビダイヤル）

印刷所　株式会社暁印刷
製本所　本間製本株式会社

●お問い合わせ
https://www.kadokawa.co.jp/（「お問い合わせ」へお進みください）
※内容によっては、お答えできない場合があります。
※サポートは日本国内のみとさせていただきます。
※Japanese text only

Printed in Japan　ISBN 978-4-04-113454-2　C0193

★ご意見、ご感想をお送りください★

〒102-8177 東京都千代田区富士見2-13-3
株式会社KADOKAWA　角川スニーカー文庫編集部気付
「半田 畔」先生
「紅林のえ」先生

[スニーカー文庫公式サイト] ザ・スニーカーWEB　https://sneakerbunko.jp/

角川文庫発刊に際して

角川源義

第二次世界大戦の敗北は、軍事力の敗北であった以上に、私たちの若い文化力の敗退であった。私たちの文化が戦争に対して如何に無力であり、単なるあだ花に過ぎなかったかを、私たちは身を以て体験し痛感した。西洋近代文化の摂取にとって、明治以後八十年の歳月は決して短かすぎたとは言えない。にもかかわらず、近代文化の伝統を確立し、自由な批判と柔軟な良識に富む文化層として自らを形成することに私たちは失敗して来た。そしてこれは、各層への文化の普及滲透を任務とする出版人の責任でもあった。

一九四五年以来、私たちは再び振出しに戻り、第一歩から踏み出すことを余儀なくされた。これは大きな不幸ではあるが、反面、これまでの混沌・未熟・歪曲の中にあった我が国の文化に秩序と確たる基礎を齎らすためには絶好の機会でもある。角川書店は、このような祖国の文化的危機にあたり、微力をも顧みず再建の礎石たるべき抱負と決意とをもって出発したが、ここに創立以来の念願を果すべく角川文庫を発刊する。これまで刊行されたあらゆる全集叢書文庫類の長所と短所とを検討し、古今東西の不朽の典籍を、良心的編集のもとに、廉価に、そして書架にふさわしい美本として、多くのひとびとに提供しようとする。しかし私たちは徒らに百科全書的な知識のジレッタントを作ることを目的とせず、あくまで祖国の文化に秩序と再建への道を示し、この文庫を角川書店の栄ある事業として、今後永久に継続発展せしめ、学芸と教養との殿堂として大成せんことを期したい。多くの読書子の愛情ある忠言と支持とによって、この希望と抱負とを完遂せしめられんことを願う。

一九四九年五月三日

転校先の清楚可憐な美少女が、
昔男子と思って一緒に遊んだ幼馴染だった件
Hibariyu
雲雀湯
illust シソ
重版続々!!
元"男友達"な幼馴染と紡ぐ、
大人気青春ラブコメディ開幕!
作品特設サイト
公式Twitter
7年前、一番仲良しの男友達と、ずっと友達でいると約束した。高校生になって再会した親友は……まさかの学校一の清楚可憐な美少女!? なのに俺の前でだけ昔のノリだなんて……最高の「友達」ラブコメ!
スニーカー文庫